흡연자의
미래

흡연자의 미래

초판 1쇄 발행 ㅣ 12월 28일

저자 ㅣ 송경민

발행처 ㅣ 다독임북스

발행인 ㅣ 송경민

디자인 ㅣ 구지원

편집팀 ㅣ 이연지, 이해림

도움 주신 분 ㅣ 대한민국 보건복지부, 캐나다 보건부, 호주 보건부,
유럽연합 보건식품안전처

등록 ㅣ 제 25100-2017-000042

주소 ㅣ 서울시 구로구 디지털로 33길 48

전화 ㅣ 02-6964-7660

팩스 ㅣ 0505-328-7637

이메일 ㅣ gamtoon@naver.com

ISBN ㅣ 979-11-964471-3-7

흡연자의 미래

담배 맛있습니까? 그거, **독약**입니다.

-故이주일

송경민 지음

다독임북스

"금연이란 담배를 끊는 것이 아니라 평생 참는 것입니다."

이 책을 펼친 당신은 분명히 금연하고 싶어 하는 사람 중 한 명일 것입니다. 하지만 이 책은 당신에게 전 세계에서 가장 잔인한 책이 될 것입니다. 당신을 따뜻한 말로 위로하지 않고 오히려 냉혹한 현실을 보여줄 것이기 때문입니다.

코미디의 황제 故이주일은 2002년 폐암으로 세상을 떠나기 전 공익 광고를 통해 "담배 맛있습니까? 그거 독약입니다. 저도 하루에 두 갑씩 피웠습니다. 이젠 정말 후회됩니다. 흡연은 가정을 파괴합니다. 국민 여러분. 담배, 끊어야 합니다."라는 유언을 남겼습니다. 얼마나 안타까운 일입니까.

이 책은 담배가 어떤 미래를 그려내는지 처절하게 보여줍니다. 담배가 가져오는 질병과 사회적 문제뿐만 아니라 사랑하는 사람들에게 주는 피해까지, 당신이 알고 있었거나 혹은 몰랐던 사실을 알려 드립니다. 그러면서 당신에게 이렇게 말합니다.

"담배를 피우는 당신은 폐암, 위암, 대장암, 췌장암, 후두암, 피부암, 식도암, 신장암, 구강암, 골다공증, 뇌졸중, 당뇨병, 피부노화, 뇌경색, 버거씨병, 난청, 백내장, 폐렴, 폐결핵, 만성기관지염, 폐기종, 천식, 심장마비, 고혈압, 부정맥, 심근경색, 동맥경화 중 하나가 곧 발병할 가능성이 상당히 높습니다. 가족들을 위해 보험을 꼭 들어 놓으시기 바랍니다."

그래도 담배를 계속 피우겠다고 하는 분은 이 책을 읽을 필요가 없겠지만, 금연하고 싶은 욕구가 샘솟는 분께는 어떻게 하면 담배를 끊을 수 있는지 다양한 방법을 알려 드립니다. 이를 통해 당신은 담배를 끊으면 어떻게 변화할지, 어떤 모습으로 사랑하는 사람들과 마주하게 될지 미래를 조금 엿보게 됩니다.

세계적인 배우 율 브리너 Yul Brynner는 1985년 폐암으로 사망하기 직전 공익 광고에서 이런 유언을 남겼습니다. "나는 이제 떠나지만, 여러분께 이 말만은 해야겠습니다. 담배를 피우지 마십시오. 당신이 무슨 일을 하든, 담배만은 피우지 마세요."

흡연자인 당신의 미래, 당신에게 달렸습니다.

CONTENTS

8

Chapter 02_ 미래를 바꾸자

"흡연은 가장 확실하고
가장 명예로운 자살 행위다."

－커트 보니것(소설가)

Chapter

01

흡연자의
미래

금연이란 담배를 끊는 것이 아니라
평생 참는 것입니다.

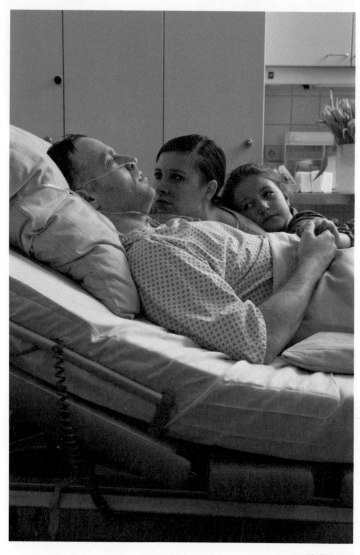

금연하세요. 가족들을 위해 살아남으세요.

담배는 무엇으로 이루어졌는가

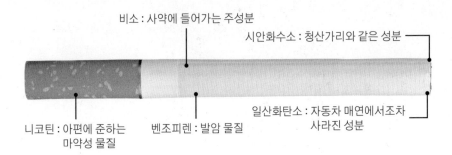

비소 : 사약에 들어가는 주성분

시안화수소 : 청산가리와 같은 성분

니코틴 : 아편에 준하는 마약성 물질

벤조피렌 : 발암 물질

일산화탄소 : 자동차 매연에서조차 사라진 성분

"이래도 **피우시겠습니까?** 용감하시네요."

"나는 흡연이 인명을 살상시킨다는 명백한 증거를 남기며 죽어 간다."

웨인 맥라렌(전 말보로담배 모델)

폐암 위험, 최대 26배!
피우시겠습니까?

담배 광고모델들의 최후

말보로맨 웨인 맥라렌(Wayne Mclaren)은 1992년 51세의 나이에 폐암으로 죽어가면서 말했다.

나는 흡연이 인명을 살상한다는 명백한 증거를 남기며 죽어 간다.
TOBACCO WILL KILL YOU, AND I AM LIVING PROOF OF IT.

같은 광고에 출연했던 '데이비드 매클레인(David McLean)' 폐암으로 사망
'에릭 로슨(Eric Lawson)' 폐질환으로 사망
'데이비드 밀러(David Miller)' 폐기종으로 사망

"당신도 말보로맨들처럼 **폐**와 관련된 **질병**으로
사망할 수 있다는 거 알고 계시죠?"

▶ 율리시스 S. 그랜트 (Ulysses S. Grant) 1822년 ~ 1885년
: 미국의 18번째 대통령이자 장군. 현재 미국의 50달러 지폐에 그의 초상화가 그려져 있다.

후두암으로 사망 (63세)

15

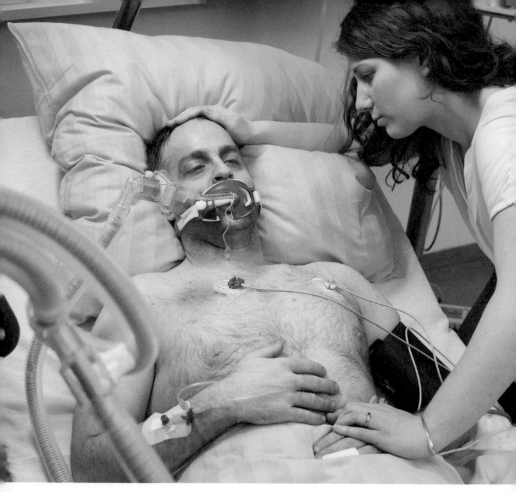

EU 담뱃갑 사진
출처 : 유럽연합 보건식품안전처 (©European Union)

흡연은 심장 마비의 원인입니다.

故 이주일씨도
피해가지 못했다.

"콩나물 팍팍 무쳤냐"라는 유행어로 국민들에게 큰 웃음을 선사했던 원로 희극

배우, 故 이주일씨를 기억하시나요? 하루에 2~3갑씩 담배를 피우던 故 이주일

씨는 2002년 폐암으로 사망하였습니다. 故 이주일씨는 사망 전 증언형 금연 광

고에 출연하여 이렇게 말했습니다.

"담배 맛있습니까? 그거, **독약입니다.**
담배는 **가정을 파괴**합니다. 여러분! 끊으십시오."

담배 한 대를 피울 때마다 수명이 34초 단축된다.

피트 박사

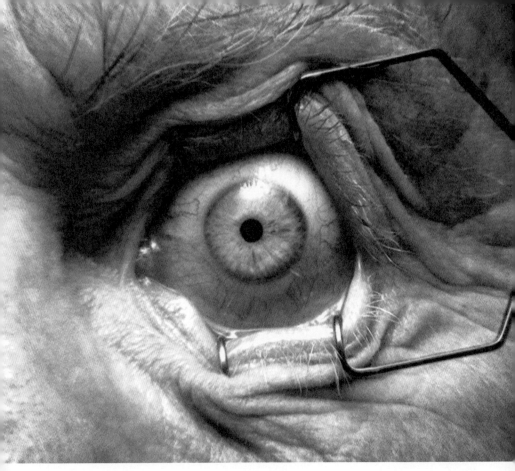

흡연은 실명을 유발합니다.

흡연은 당신의 눈을 손상시켜 실명을 유발합니다.

손 발을 썩게 하는 버거씨병의 주범은 담배

버거씨병은 혈전 혈관염이라고도 불리며, 혈관 폐쇄로 인해 사지 말단이 괴사 상태에 빠지거나, 심할 경우 절단까지도 초래하는 혈관 질환입니다.

초기에는 종아리, 발, 발가락 등의 미미한 통증에서 시작돼 점차 혈전과 혈관염이 심해지면 팔다리나 손발가락에 극심한 통증으로 나타납니다.
결국 괴사, 조직의 손실, 절단까지도 이를 수 있는 무서운 병입니다.
담배를 많이 피우는 사람에게 주로 발병합니다.

66 버거씨병의 공포에서 벗어나는 유일한 예방법은 **금연**입니다. 99

> 많은 사람이 담배가 스트레스를 해소하고 신경질을 덜 부리게 한다고 믿는다. 그러나 사실은 흡연이 스트레스의 원인이다.
>
> 서홍관 (국립암센터 의사)

"흡연을 시작하지 않았었더라면 얼마나 좋을까요.
48살에 후두암 판정을 받았습니다.
성대 제거 수술을 받아야 했고, 이제는 목에 있는
구멍으로 숨을 쉴 수밖에 없네요."

– Leroy

담배를 피우면 생기는
각종 질병들

각종 암
폐암, 위암, 대장암, 췌장암, 후두암, 피부암, 식도암, 인두암, 신장암, 구강암 등

각종 성인병
골다공증, 뇌졸중, 당뇨병, 피부노화, 뇌경색, 피부노화, 버거씨병, 난청, 백내장 등

호흡기 질환
폐렴, 폐결핵, 만성기관지염, 폐기종, 천식 등

심혈관계 질환
심장마비, 고혈압, 부정맥, 심근경색, 동맥경화 등

"담배 피우는 당신, 위의 **병** 중 하나에 걸릴 가능성이 높습니다.
가족을 위해 **보험**을 꼭 들어 놓으시기 바랍니다."

▶게리 쿠퍼 (Gary Cooper) 1901년 ~ 1961년
: 미국 영화배우
영화 Sergeant York(1941), High Noon(1954); 각각 아카데미상을 수상하였다.
폐암으로 사망 (60세)

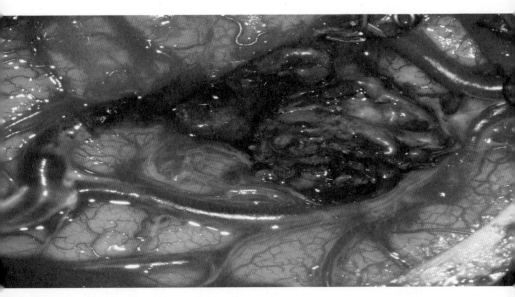

대한민국 담뱃갑 사진
출처 : 대한민국 보건복지부

뇌졸중 위험, 최대 4배!
피우시겠습니까?

몸에 축적된 해로운 물질들이
빠져나가는 시간

하루
0~30%

3일 후
50%

일주일 후
90%

3개월
100%

"지금 당신이 여전히 흡연을 하고 있다면
당신은 항상 몸 속에 '일산화탄소', '시안화수소',
'벤조피렌', '비소', '니코틴'을 지니고 다니는 것과
마찬가지입니다."

지금 담배 피우시면 '비 오는 날에 세차하는 것'과 똑같습니다. 좋은 약을 아무리 먹어
도 아무런 효과가 없습니다.

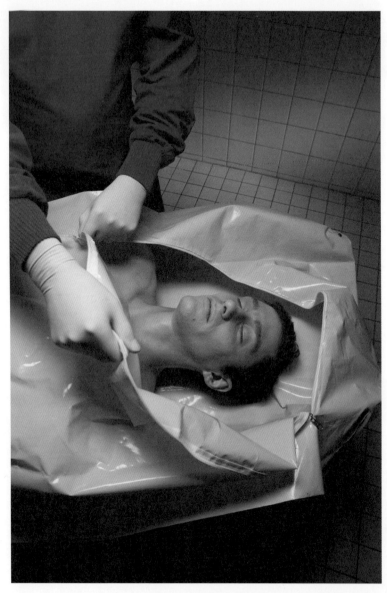

EU 담뱃갑 사진
출처 : 유럽연합 보건식품안전처 (©European Union)

흡연은 심장 마비의 원인입니다.

"담배 피우는 당신
폐암 보험은 들으셨나요?"

폐암의 약 85%는 흡연에 의한 것입니다.

흡연은 폐암 발병률을 최소 10배 이상 올립니다.

가족이 있다면 가족 역시 폐암에 걸릴 확률이 높습니다.

" 담배를 피우는 당신은 꼭 **암 보험**에 들어 놓으세요. "

▶ 클라크 게이블 (Clark Gable) 1901년 ~ 1960년

: 미국 영화·뮤지컬 배우. 〈어느날 밤에 생긴 일〉로 남우주연상을 받은 이후 오랫동안 할리우드의 제왕으로 군림했다. 〈바람과 함께 사라지다〉의 주연.

관상 동맥 혈전증과 심근경색으로 사망 (59세)

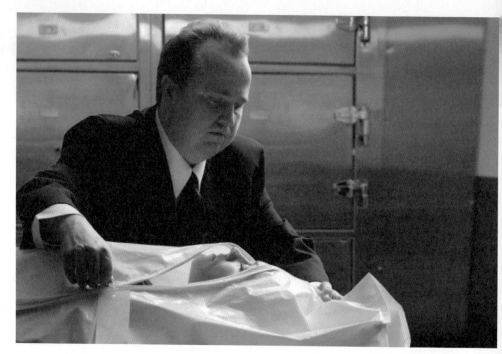

또 하나의 때 이른 죽음…

흡연은 캐나다에서 예방 가능한
조기 사망의 주요 원인 중 하나입니다.
하루에 100여 명이 담배로 인해 사망하고 있습니다.

세계 최고 부자 스티브 잡스를 사망하게 만든 '췌장암'

췌장암은 뚜렷한 원인이 밝혀지지 않았지만, 1년 이내에 90%가 사망하는 무서운 암입니다.

45세 이상의 연령, 흡연 경력 등이 주요 발생 원인이며 아직까지 췌장암을 예방하기 위한 뚜렷한 방법은 없습니다.

흡연자가 췌장암에 걸리는 확률은 비흡연자보다 2~5배 높고, 췌장 외 다른 기관에도 암이 생길 확률이 높습니다.

"흡연하는 당신은 다른 사람보다 **'췌장암'**에 걸릴 가능성이 상당히 높습니다."

흡연처럼 위험한 것은 없다. 흡연자 두 명당 한 명은 결국 사망하게 될 것이다.

앨런 로페스 박사 (세계보건기구)

EU 담뱃갑 사진
출처 : 유럽연합 보건식품안전처 (©European Union)

흡연은 실명의 위험을 높입니다.

흡연이
대머리를 만든다!

대머리의 가장 큰 원인은 물론 유전입니다.

그러나 후천적 요인도 절대 무시할 수 없는데, 그 중 가장 주요한 요인이 바로

흡연입니다. 담배 속에는 니코틴이 들어있습니다. 니코틴은 모세혈관의 수축을

유발해 피부에 필요한 산소와 영양분 공급을 방해합니다.

마찬가지로 충분한 산소와 영양분이 공급되지 않으면 모발도 가늘고 약해집니다.

몸 속으로 니코틴이 계속 들어온다면 결국 탈모가 옵니다.

" 담배를 피우는 당신은 곧 **대머리**가 될 가능성이 높습니다. "

▶베이브 루스(Babe Ruth) 1895년 ~ 1948년
: 메이저리그 베이스볼의 전설적인 홈런왕.

식도암으로 사망 (53세)

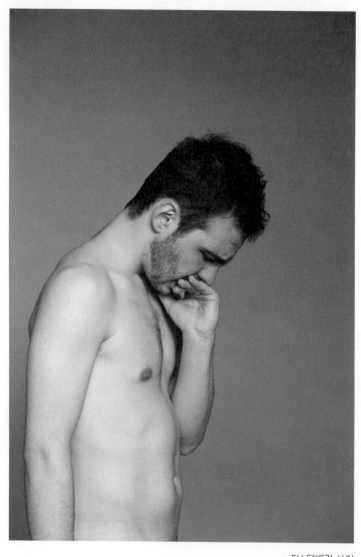

EU 담뱃갑 사진
출처 : 유럽연합 보건식품안전처 (©European Union)

흡연은 성기능 장애의 위험을 높입니다.

남성 불임 유발의
가장 큰 원인은 흡연

흡연은 성 기능에도 심각한 영향을 미칩니다.

체내에 흡수된 니코틴이 혈관과 혈류에 영향력을 미쳐 발기력을 저하합니다. 흡연자의 정자 수는 비흡연자에 비해 30%가 적습니다. 그리고 흡연자의 정자는 운동 능력이 비흡연자에 비해 최고 50%까지 낮습니다.

흡연은 고환의 정자 생성에 이상을 유발하여 남성 불임의 가장 큰 원인이 됩니다.

❝ **예쁜 아기를 갖고 싶다면** 지금 당장 담배를 끊어야 합니다. ❞

앞으로 대부분의 나라에 최악의 사태가 닥칠 것이다. 현재의 흡연 추세가 계속된다면, 오늘날의 청소년 흡연자가 중년이나 노년에 이를 때 즈음이면 1년에 약 1000만 명이나 되는 사람이 담배 때문에 사망하게 될 것이다. 이는 3초마다 한 명씩 사망하는 셈이다.

리처드 피토 (왕실 암연구기금)

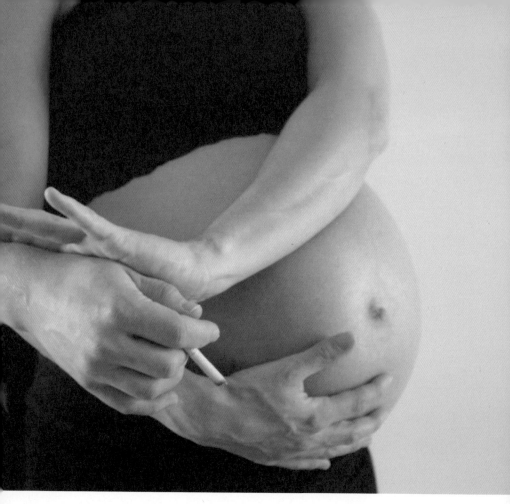

담배 연기: 됐어요.

간접흡연에도 뱃속의 아이에게
해로운 독성 화학 물질이 많이 포함되어 있습니다.

흡연 모에게 태어난 남자아이
커서 불임일 수도

하루에 10개비 이상의 담배를 피우는 여성이 출산한 남자아이는 비흡연 여성이 출산한 남자아이에 비하여 정자 수가 현저히 떨어진다고 합니다. 가족 중 한 명이라도 임신 중 흡연을 하게 되면 당신이 손자를 볼 기회도 그만큼 줄어듭니다.

"자손을 위해서라도 **흡연을 그만**둬야 합니다.**"**

▶존 휴스턴 (John Huston) 1906년 ~ 1987년
: 미국의 영화감독이자 배우. 〈시에라마드라의 황금〉으로 아카데미상 감독상과 각본상을 수상하며 할리우드의 황금기를 대표하는 영화감독으로 알려졌다.

폐렴으로 사망 (81세)

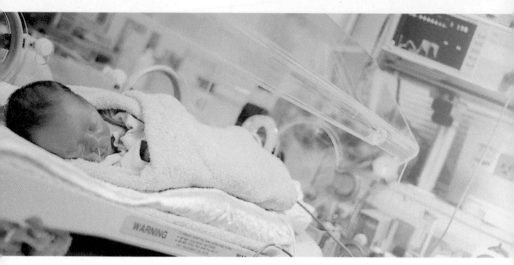

경고:
담배 연기는 아기를 해칩니다.

임신 중 흡연은 조산의 위험을 높입니다.
조산으로 태어난 아기들은 유아 사망과 각종 질병,
장애의 위험이 큽니다.

임신 중 간접흡연이
태아에 미치는 영향

간접흡연으로도 유해 물질이 엄마의 호흡기를 통해 태아에게 전달됩니다.

하루에 한 갑의 담배를 피우는 흡연자와 같은 공간에 있다면, 임산부는 하루에 네 개비의 담배를, 태아는 하루에 한 개비의 담배를 피우는 것과 같습니다. 담배는 태반의 혈류를 감소시켜 '자연 유산', '태아 발육 부전', '태반 조기 박리', '난임', '전치태반', '저체중아 출생' 등의 원인이 됩니다.

❝임산부 근처에서 **담배를** 피우는 건 **살인행위**와 같습니다.**❞**

"흡연은 가장 확실하고 가장 명예로운 자살 행위"

커트 보니것 (미국 소설가)

흡연은 뇌졸중과 장애의 원인입니다.

흡연자와 키스하는 것은 재떨이를 핥는 것과 같다.

흡연자와 키스만 해도 치명적인 사태를 일으킬 수 있다는 연구 결과가 있습니다.

마치 재떨이에 그대로 키스해서 병을 얻는 것처럼 말이죠.

연구에 따르면 담배 연기에 포함된 수막염균이 뇌척수막염을 유발합니다.

뇌척수막염은 몸 전체에 열, 통증, 심각한 두통과 구토 등의 증상을 일으키며 10명 중 한 명은 이로 인해 사망할 수 있습니다.

"재떨이와 키스하는, 당신의 **연인**이 **불쌍**하지 않나요? "

▶냇 킹 콜 (Nat King Cole) 1919년 ~ 1965년
: 재즈 음악가
"Straighten Up and Fly Right"
"Get Your Kicks on Route 66"
"The Christmas Song" 등의 히트곡을 남김.

폐암으로 사망 (45세)

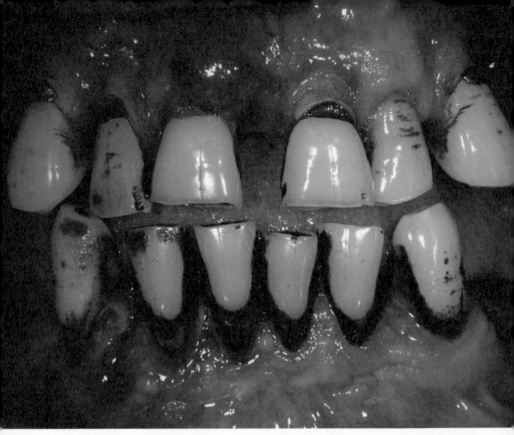

흡연은 당신의
잇몸과 치아를 손상시킵니다.

흡연은 잇몸과 치아 조직의 염증(치주염)을 유발합니다.
잇몸의 발적, 부어오름, 출혈, 감염과 고통 등의
증상이 발생할 수 있습니다.

담배가 치아 건강에 미치는 영향

담배를 피우게 되면 구강 내부의 온도가 상승하게 되며, 이로 인해 세균이 더 쉽게 번식하게 됩니다. 그래서 충치는 물론 심한 입 냄새가 생기게 됩니다.

그리고 담배의 유해 성분 중 '니코틴'과 '타르'는 혈액순환을 방해하여 '치은염', '치주염'을 일으키고, 이는 잇몸 약화의 원인이 됩니다.

치아 역시 담배의 니코틴 성분 때문에 표면이 노랗게 착색됩니다.

> 담배 피우는 당신은
> **노란 이**를 가지고 있으며, **입 냄새**가 너무 심해요.

40년 동안 수집한 자료를 검토해 보면, 모든 흡연자의 절반이 자기들의 습관 때문에 결국 사망하게 될 것이라는 끔찍한 결론에 이르게 된다. 참으로 생각만 해도 소름이 끼친다.

마틴 베시 (옥스퍼드대학교 공중위생학부)

우리를 해치지 말아주세요!

경고: 간접흡연에는 일산화탄소, 암모니아, 포름알데히드, 벤조피렌,
니트로사민 등의 발암물질이 함유되어 있습니다.
이 화학물질들은 당신의 자녀를 해칠 수 있습니다.

간접흡연이
우리 아이를 아프게 한다.

담배를 끊지 않는 것은 자신의 선택입니다. 그러나 흡연이 혼자가 아닌 가족의 건강까지 위협한다면 이야기가 달라집니다.

담배 연기에 노출되어 담배 연기를 맡게 되는 2차 간접흡연도 있지만, 흡연자의 몸에서 나온 담배의 유해 물질이 집안의 가구, 벽 등 흡연자가 만지는 모든 곳에 남아 우리 아이를 아프게 합니다.

"**가족의 건강**에 신경 쓰지 않는다면,
앞으로도 계속 흡연을 하셔도 됩니다."

▶에드 설리번 (Ed Sullivan) 1901년 ~ 1974년
: 미국의 오락 작가 겸 텔레비전 쇼 사회자. 자신의 이름을 딴 쇼 〈에드 설리번 쇼〉로 유명.

식도암으로 사망 (73세)

흡연은 생식 기능을 저하시킵니다.

사람들이 가장 싫어하는 사람 1순위는 바로 '담배 피우는 사람'

아이들이 가장 싫어하는 사람 : "담배 피우는 사람"

대화하기 가장 싫은 사람 : "담배 피우는 사람"

결혼하기 가장 싫은 사람 : "담배 피우는 사람"

미팅하기 가장 싫은 사람 : "담배 피우는 사람"

연애하기 가장 싫은 사람 : "담배 피우는 사람"

길에서 가장 싫은 사람 : "담배 피우는 사람"

전세계 50%이상(비흡연자)이 가장 싫어하는 사람 : "담배 피우는 사람"

무엇보다 가장 싫은 사람 : "금연구역에서 담배 피우는 사람"

> **담배를 끊고, 싫어하는 사람 순위에서 탈출해 봅시다.**

담배가 사람에게 좋은 유일한 이유... 힘든 세상 일찍 떠나게 해준다.

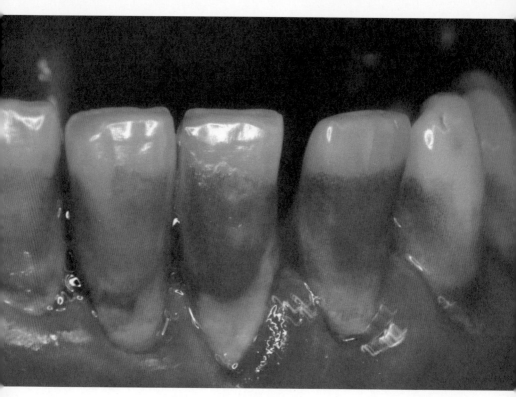

흡연은 당신의 잇몸과 치아를 손상시킵니다.

흡연은 잇몸과 치아 조직의 염증(치주염)을 유발합니다.
당신의 치아를 지탱하고 있는 잇몸과 뼈, 기타 조직들이 망가져
결국은 치아를 잃을 수 있습니다.

커피 마시고 담배 피우는 사람의 입 냄새는 똥에 가깝다.

커피와 담배는 입안을 건조하게 만들어 입 냄새를 악화시킵니다. 아침에 일어났을 때 입 냄새가 심한 것처럼 말이죠.

특히 담배는 입안에 이물질을 오랫동안 남아 있게 합니다. 담배 속 니코틴과 타르 성분은 치아 표면에 달라붙어 치태와 치석이 생기게 하고, 이는 곧 입 냄새의 원인이 됩니다.

게다가 흡연을 하면 침 분비가 줄어들어 입이 마르는데, 이 때 입 안에 암모니아나 황 화합물 성분이 늘어 입 냄새가 심해집니다.

살균력이 있는 침은 하루에 약 700ml 정도 분비됩니다. 하지만 담배와 커피가 합쳐지면 침이 거의 안 나오게 되므로 입 냄새는 상상도 못할 지경에 이릅니다.

❝커피와 담배의 환상의 조합은 곧 죽음의 입 냄새!❞

▶로즈메리 클루니 (Rosemary Clooney) 1928년 ~ 2002년
: 영화 화이트 크리스마스에서 빙 크로스비와 함께 부드러운 목소리를 뽐냈던 미국의 가수 겸 배우

폐암으로 사망 (74세)

캐나다 담뱃갑 사진
출처: 캐나다 보건부 (©Health Canada)

만성 기관지염

흡연은 만성 기관지염의 원인입니다.
평생 동안 숨을 쉬는 매 순간 사력을 다해야 하는 무시무시한 질환이죠.

담배 피우는 여자가 걸릴 수 있는 질병들

A. 피부 조기 노화

B. 조기 폐경유발

C. 폐암 확률 증가

D. 불임 가능성 증가

E. 각종 성인병 확률 증가

F. 심장마비 위험 증가

G. 치아질환 증가

H. 태아 저산소증 발생 증가

I. 주의력 장애 아기 출산 확률 증가

J. 미숙아 출산 확률 증가

K. 자궁경부암 확률 증가

L. 출산한 아기 당뇨병 확률 증가

" 담배 피우는 당신,
친구들보다 **10살은 더 나이 들어 보입니다.** "

흡연자는 자신을 현인이나 자선가처럼 착각하고 행동한다.

에드워드 조지 벌워리튼 (영국의 작가)

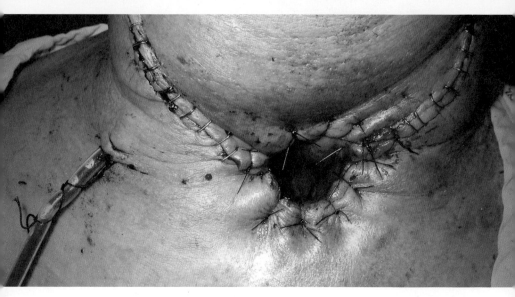

후두암 위험, 최대 16배!
피우시겠습니까?

빙 크로스비 (Bing Crosby) 1903년 ~ 1977년
: 미국의 가수 겸 배우. 그가 부른 크리스마스 캐롤 〈White Christmas〉은 오늘날까
  지 사랑받고 있음.

심장마비로 사망 (74세)

청소년 흡연이 위험한 이유는?

A. 성장기 청소년의 성장과 발달을 지연

담배의 각종 유해 물질은 산소와 헤모글로빈의 결합을 막아 성장판의 칼슘 흡수율을 낮추고, 이는 뼈 성장에 큰 방해가 됩니다.

B. 뇌구조의 변경

뇌가 발달 중인 성장기 청소년이 담배를 피우면, 의사결정과 연관된 대뇌피질의 섬엽이 얇아져 향후 담배에 의존하게 만드는 신경생물학적 변화를 겪게 됩니다.

C. 뇌세포의 파괴

담배의 유해 물질이 청소년의 뇌세포를 파괴하여 학습 능력과 기억력을 떨어트려 학업성취도가 낮아집니다.

D. 암 발생 확률 대폭 상승

15세 이전에 담배를 피우게 되면, 25세 이후에 담배를 시작하는 사람보다 암 발병률이 4배 이상 증가하게 됩니다.

D. 노화의 빠른 진행

청소년이 담배를 피우면, 비흡연자보다 피부 손상, 치아 착색 등 노화가 더 빠르게 진행됩니다.

"청소년이 피우는 **담배**는 우리의 **미래**를 좀먹습니다.**"**

대한민국 담뱃갑 사진
출처 : 대한민국 보건복지부

흡연은
발기부전을 유발합니다.

담배 많이 피우면 성기 길이 '최대 2cm' 줄어들 수 있다.

담배에 들어있는 니코틴 성분은 혈관에 영향을 미쳐 원활한 혈액순환을 방해하고 혈류량을 낮춥니다.

성기에 있는 혈관 또한 마찬가지로 영향을 받아 크기가 줄어들고 맙니다.

심지어는 발기 시에도 최대 길이가 2~2.5cm 정도 줄어든다고 합니다.

"이래도 담배를 **피우실 겁니까?**"

난 하루에 3번씩 금연을 하는 대단한 사람이다.

마크 트웨인 (〈허클베리 핀〉, 〈톰소여의 모험〉 작가)

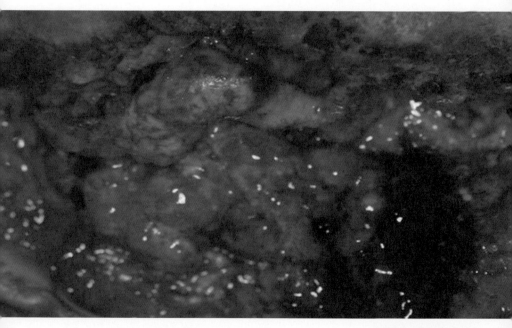

니코틴에 중독,
발암물질에 노출

흡연으로 인한 사망자 2030년에 800만 명 될 듯

2025년이 되면 전 세계 흡연인구는 11억 5천만 명에 이르고, 흡연으로 인한 사망자는 2030년 800만 명이 된다는 전망이 나왔습니다.

세계보건기구(WHO)는 흡연 인구가 2015년 11억 1천만 명에서 2020년 11억 3천만 명, 2025년 11억 5천만 명으로 늘어난다고 추산했습니다.

**"지금도 담배를 피우는 당신,
800만 명 중 한 명이 될 수 있습니다."**

▶베티 그레이블 (Betty Grable) 1916년 ~ 1973년
: 미국의 배우이자 댄서, 가수. 〈백만장자와 결혼하는 법〉, 〈핀업걸〉 등에 출연하며 최고의 인기를 누렸다.

폐암으로 사망 (57세)

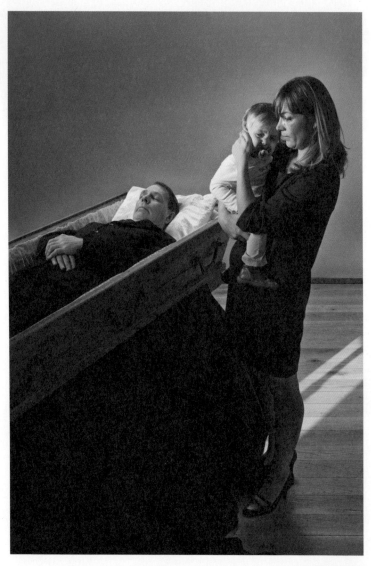

금연하세요.
가족을 위해 살아남으세요.

비틀즈가 남긴 또 하나의 이야기
: 조지 해리슨과 담배

전설적인 영국 가수 비틀즈의 멤버인 조지 해리슨은 젊은 시절부터 담배를 많이 피우던 골초였다고 합니다.

그는 'Here comes the sun', 'Something' 등 명곡을 남겼는데, 특히 'Something'은 비틀즈의 노래 중에서 두 번째로 많이 커버된 노래입니다.

그는 흡연자가 폐암에 걸릴 위험이 비흡연자에 비해 10~20배 이상 높다는 사실을 알았지만, 금연에 성공하지는 못했습니다.

계속해서 담배를 피우던 그는 결국 58세에 폐암으로 세상을 떠나고 말았습니다.

"아무리 명성을 남긴 사람이라도
담배 앞에서는 **피해자**가 될 뿐입니다."

담배에 불을 붙이는 순간 죽음에 가까워진다.

캐나다 담뱃갑 사진
출처 : 캐나다 보건부 (©Health Canada)

담배는 당신의 숨을 앗아갑니다.

흡연은 폐기종과 같이 심각하고 치명적인
폐질환을 유발합니다.

흡연 카페에서도
담배 못 피운다.

보건복지부는 2018년 7월부터 흡연 카페에서도 담배를 못 피우도록 하는 '국민 건강증진법 시행 규칙'을 시행하였습니다.

카페 영업소 면적이 75㎡ 이상인 곳은 2018년 7월부터 금연구역으로 지정되었고 2019년 1월 1일부터 시설 전체로 확대될 예정입니다.

"더러워서 담배 끊겠다고요? 네, 이 참에 끊으세요."

▶조 디마지오 (Joe DiMaggio) 1914년 ~ 1999년
: 미국 메이저리그 베이스볼 뉴욕 양키스 선수로 활약. 한때 마릴린 먼로의 남편이기도 했음.

폐암 수술 후 폐렴 등의 합병증으로 사망 (84세)

흡연은 당신의
아이와 가족, 친구를 해칩니다.

간접흡연으로
당신 아이가 병들고 있다.

가족 중 한 명이라도 흡연자라면 다른 가족 모두가 간접흡연에 노출됩니다.

우리 아이들의 40%는 간접흡연에 노출되어 있으며, 간접흡연에 노출된 아이들은 아래와 같은 질병에 걸릴 수 있습니다.

폐암 발생 확률 2배

중한 감염 질환에 걸릴 확률 4배

상기도염 감염 비율 6배

천식과 중이염에 걸릴 확률 6배

당신의 아이가 청소년 때 흡연할 확률 2배 이상

그리고 항상 '뇌종양', '천식', '백혈병', '영아돌연사증후군', '호흡기질환', '폐 기능 손상' 등에 노출되어 있습니다.

당신 혼자 각종 질병에 걸리세요.
왜 가족까지 아프게 하나요!

▶새미 데이비스 주니어 (Sammy Davis Jr) 1925년 ~ 1990년
: 미국 배우이자 가수.

인후두암으로 사망 (65세)

대한민국 담뱃갑 사진
출처 : 대한민국 보건복지부

니코틴에 중독,
발암물질에 노출

전자 담배에 의한 간접흡연도 독약이다.

전자 담배를 피우는 사람이 비흡연자에게 하는 말이 있습니다.

"괜찮아 전자 담배야, 그리고 연기는 수증기라 괜찮아."

과연 괜찮을까요? 그 수증기 역시 '니코틴'과 '발암 물질'이 포함된 수증기라는

것 알고 계세요? 어차피 똑같은 독약입니다.

> "가족을 위해 **전자 담배를** 피운다고요?
> 그건 **가족을 위하는 길이 아닙니다.**
> 차라리 가족을 위해 **'암 보험'을 하나 더** 들어 놓으세요."

▶칼 윌슨 (Carl Wilson) 1946년 ~ 1998년
: 미국의 싱어송라이터 겸 영화배우. "Surfing USA"로 유명한 밴드 비치 보이스의 기
타리스트로 데뷔하였다.

폐암으로 사망 (52세)

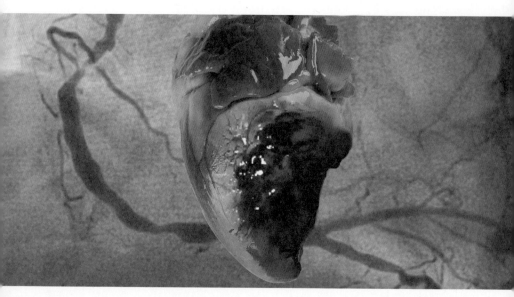

대한민국 담뱃갑 사진
출처 : 대한민국 보건복지부

심장병 사망, 최대 4배!
피우시겠습니까?

궐련형 전자 담배도
똑같은 독약이다.

미국 식품의약국과 캘리포니아대학교(UCSF)의 연구 결과 일반 담배 흡연자와 궐련형 전자 담배 흡연자의 백혈구 수치, 폐용량 등 아무런 차이가 없음이 확인되었습니다.

일반적으로 궐련형 전자 담배가 일반 담배보다 유해 물질이 적다는 인식이 있지만, 그렇다고 폐암 발병률, 사망률이 낮은 건 아닙니다. 어차피 니코틴이 몸에 흡수되는 양은 똑같습니다.

**독약의 농도가 낮다고 독약이 아닌 건 아닙니다.
어차피 똑같은 독약입니다.**

담배는 악마로부터 나온 더러운 잡초다. 그것은 당신의 지갑을 말리고, 당신의 옷을 태운다. 그리고 당신의 코를 굴뚝으로 만들고, 당신의 생명을 태운다.

벤자민 워터하우스 (미국 의사, 하버드 공동 창립자이자 교수)

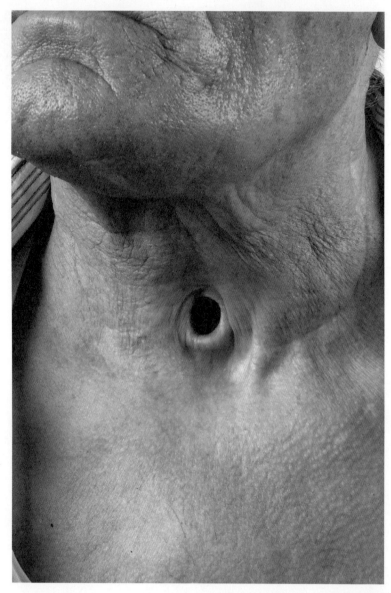

EU 담뱃갑 사진
출처 : 유럽연합 보건식품안전처 (©European Union)

흡연은 구강암과 인후암의 원인입니다.

궐련형 전자 담배의
오해와 진실

A : 궐련형 전자 담배가 일반 담배보다 덜 해롭다.

X : 궐련형 전자 담배에도 일반 담배와 유사한 유해 성분이 포함되어 있습니다.

B : 궐련형 전자 담배는 간접흡연의 위험이 적다?

X : 궐련형 전자 담배의 수증기도 니코틴과 발암 물질을 포함하고 있습니다.

C : 궐련형 전자 담배로 금연을 할 수 있다?

X : 담배는 니코틴 중독으로 끊기 어렵습니다. 궐련형 전자 담배도 일반 담배의
84% 수준인 니코틴을 포함하고 있어 별 차이가 없습니다.

D : 궐련형 전자 담배, 금연 구역이나 화장실에서 피울 수 있다?

X : 궐련형 전자 담배도 담배라는 사실. 금연 구역에서 흡연하면 과태료가 부과됩
니다.

E : 궐련형 전자 담배를 피우면 폐암과 같은 질병에 걸릴 확률이 적다?

X : 궐련형 전자 담배와 일반 담배는 담배로 인한 질병 사망률에서 별 차이를 보
이지 않습니다.

" 궐련형 전자 담배의 긍정적인 이유를 찾는 당신?
어차피 그것도 **똑같은 담배**입니다. **핑계를 찾지 마세요!**
차라리 금연할 수 있는 **용기**를 찾아보세요. "

대한민국 담뱃갑 사진
출처 : 대한민국 보건복지부

흡연하면
수명이 짧아집니다.

대한민국은 하루에 150여 명이 담배로 인해 죽어 가고 있다.

2017년 하루 평균 대한민국 사망자 수 780여 명

술로 인한 하루 사망자 수 약 12명

교통사고로 인한 하루 사망자 수 약 14명

산업 재해로 인한 하루 사망자 수 약 5명

자살로 인한 하루 사망자 수 약 38명

·
·
·

담배로 인한 하루 사망자 수 약 159명

" 하루의 사망자 중 20%,
즉, 5명 중 1명은 담배로 인해 죽고 있습니다.
**특히 남자의 35%가 담배로 인해
매일 사망**하고 있습니다. "

불행한 자일수록 담배를 더 피우고, 담배를 더 피울수록 불행해진다. 이것은 악순환이다.
대프니 듀모리에 (영국의 소설가/ 극작가, 영화 〈레베카〉, 〈새〉의 원작자)

EU 담뱃갑 사진
출처 : 유럽연합 보건식품안전처 (©European Union)

흡연은 성기능 장애의
위험을 높입니다.

기상 후 30분 내 흡연은 진짜 위험하다.

흡연자가 담배를 가장 맛있다고 느낄 때 중 하나는 기상 후 첫 담배입니다. 이유는 수면시간 동안 낮아진 혈중 니코틴 농도를 보충하려 뇌가 흡연 욕구를 부추겨 그 만족도가 상당히 높기 때문입니다.
그러나 기상 후 30분 내 흡연은 정말 위험하다고 합니다.

기상 후 30분 이내에 담배를 피우면 고혈압 발생 확률이 5배 증가하며 심혈관에 악영향을 미치게 됩니다. 특히 기상 후 5분 내 흡연은 심각한 상황을 초래할 수 있습니다.

"아침에 피우는 담배는
독약을 그대로 마시는 것과 같습니다."

▶척 코너스 (Chuck Connors) 1921년 ~ 1992년
: 미국 배우. 〈빅 컨츄리〉, 〈올드 옐러〉 등 출연.

폐렴으로 사망 (71세)

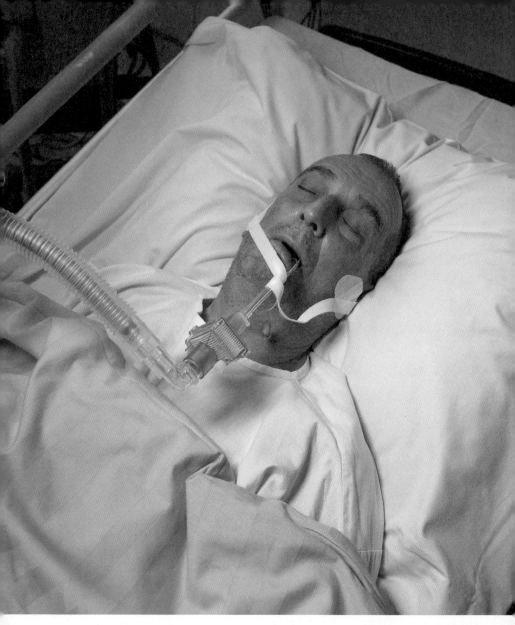

흡연은 뇌졸중과 장애의 원인입니다.

흡연으로 인해
21세기 10억 명이 사망할 것이다.

전 세계적으로 남성의 16%, 여성의 7%가 담배로 인해 사망하고 있습니다. 특히 2030년까지 매년 800만 명이 담배로 인해 사망할 것으로 보고되고 있습니다.

20세기에는 담배로 인해 약 1억 명이 사망하였지만, 21세기에는 담배로 인해 10억 명이 사망할 것으로 예측되고 있습니다.

향후 21세기는 전쟁보다 무서운 것이 담배입니다.

> **21세기 담배로 인한 사망자 10억 명 중 1명이 당신이 될 수도 있습니다.**

많은 사람들은 흡연이 긴장 푸는 것을 돕고 신경질 극복을 도와준다고 믿는다. 그러나 흡연은 긴장의 이완이 아닌 자극의 원인이 된다.

H. 존슨

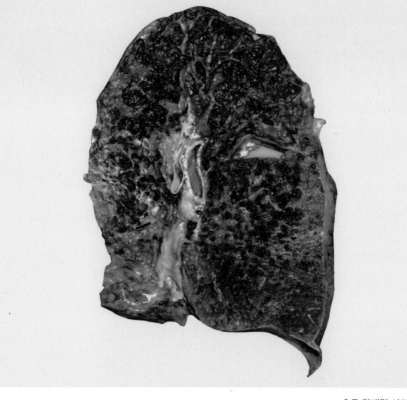

흡연은 폐기종을 유발합니다.

흡연은 대부분의 폐기종의 원인입니다. 폐기종은 천천히 하지만
꾸준히 당신의 폐 속에 있는 폐포를 파괴합니다. 시간이 지날수록 점점 더
호흡이 힘들어집니다. 당신은 서서히 산소 부족으로 죽어갑니다.

담배 피우는 당신, 40대 이후 만성폐쇄성 폐질환에 걸릴 가능성이 상당히 높다.

만성폐쇄성 폐질환은 기침과 호흡곤란을 수반하며, 폐 기능이 서서히 저하되는 질병입니다. 국내에서는 40세 이상의 15%, 60세 이상의 30% 가량이 만성 폐쇄성 폐질환을 앓고 있습니다. 특히, 흡연자는 40대 이후 만성폐쇄성 폐질환에 걸릴 가능성이 높습니다.

만성 폐쇄성 폐질환이 발병하게 되면 호흡곤란이 자주 일어나고 가래가 심해서 일상생활에 큰 불편을 겪는다고 합니다. 천식과 비슷한 증상이라 구별이 어렵고 무엇보다 천식은 사망률이 높지 않지만, 만성폐쇄성 폐질환은 치료 시기를 놓쳐 사망률이 높은 경향을 보입니다.

" 담배 피우는 당신은
만성폐쇄성 폐질환에 걸릴 가능성이 상당히 높습니다. "

▶듀크 엘링턴 (Duke Ellington) 1899년 ~ 1974년
: 미국의 피아니스트이자 재즈 음악가. "할렘", "무드인디고" 등의 명곡을 남겼다.

폐렴으로 사망 (75세)

호주 담뱃갑 사진
출처 : 호주 보건부 (©Commonwealth of Australia)

담배를 끊으면
건강해집니다.

장기 흡연자 역시 끊을 수 있습니다.
당신이 몇 살이든 상관없이, 담배를 끊으면 즉시
그리고 장기적으로 건강에 도움이 됩니다.

담배 피우는
당신은 니코틴 중독

니코틴이란?

대마초보다 중독성이 더 강하며, 로열 컬리지(Royal College)의 연구팀에 의하면 니코틴의 중독성은 헤로인이나 코카인과 비슷한 정도입니다. 60mg의 니코틴이면 1분 이내 사망할 수 있습니다. 니코틴은 체내에서 흡수가 잘 되는 물질로, 흡연 시 7초 만에 뇌에 도달하여 혈압과 맥박을 상승시킴으로써 심장에 부담을 주게 됩니다. 담배 연기 속에 들어 있는 니코틴은 강력한 습관성 중독을 일으키기 때문에 의학적으로는 마약으로 분류됩니다.

적은 양의 니코틴은 신경계에 작용하여 교감 및 부교감 신경을 흥분시켜 일시적으로 쾌감을 얻게 하지만 많은 양의 니코틴은 신경을 마비시켜 환각 상태에까지 이르게 합니다.

> **니코틴 중독**은 가장 무서운 중독 중 하나입니다.

담배는 비록 건강한 자라도 병들게 할 것이다.

존 레이

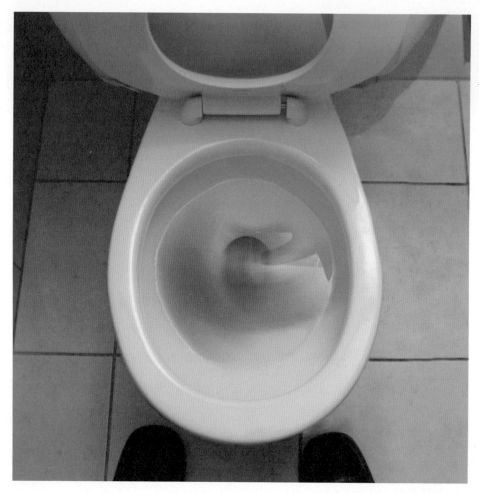

캐나다 담뱃갑 사진
출처 : 캐나다 보건부 (©Health Canada)

담배는 방광암의 원인입니다.

담배 연기에 든 독성 화학물질은 방광의 내벽을 손상시켜
암을 유발합니다. 가장 흔히 발견되는 징후는
피가 섞인 소변입니다.

흡연자들의 흔한 착각

"조금씩 피우면 괜찮다고 했어."

"많은 사람 중에 설마 내가 암이라도 걸리겠어?"

"운 나쁘면 걸리는 거지 뭐. 나는 그냥 피우고 일찍 죽으련다."

"나 정도면 냄새가 안 나는 편 아닌가?"

"향수 뿌렸으니까 냄새 안 나겠지 뭐."

"내 집에서 내가 피우는데 뭐 어때!"

"전자 담배는 그래도 좀 낫겠지."

"전자 담배는 냄새 안 나니까 실내에서 피워도 되겠지!"

**" 당신은 지금 담배에 대한 착각에 빠져있습니다.
당신이 생각하는 것의 반대로 생각하세요. "**

▶아서 고드프리 (Arthur Godfrey) 1903년 ~ 1983년
: 미국의 라디오, 텔레비전 쇼 진행자.

폐기종으로 사망 (79세)

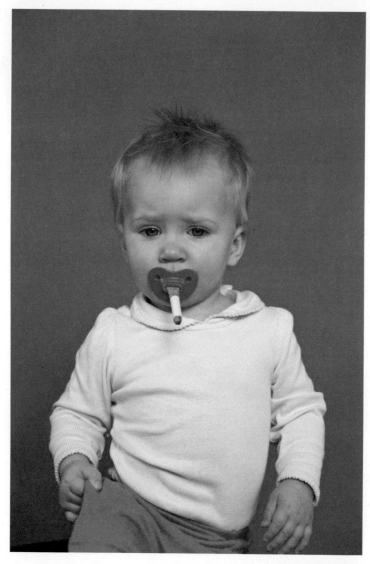

EU 담뱃갑 사진
출처 : 유럽연합 보건식품안전처 (©European Union)

흡연자의 아이는
흡연을 할 가능성이 더 높습니다.

흡연자와 아들의 카톡 대화

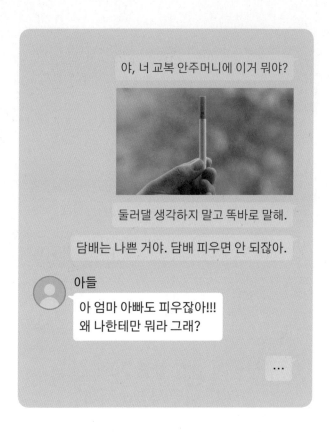

> **당신의 자녀** 역시
> **청소년이 되면 담배를 피울 가능성**이 상당히 높습니다.

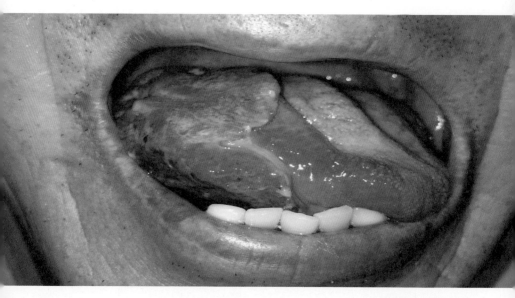

구강암에 걸릴 확률 20배 상승,
그래도 피우시겠습니까?

흡연자를 바라보는
시선의 차이

헐, 대박 멋있어.

어머! 저 사람 봐.

〈영화〉

간접흡연 극혐.

〈현실〉

담배 피우는 게 멋있다고 생각하세요?
더 이상 할 말이 없네요.

▶이미경 1960년 2월 1일 ~ 2004년 4월 11일
: 배우

폐암으로 사망(45세)

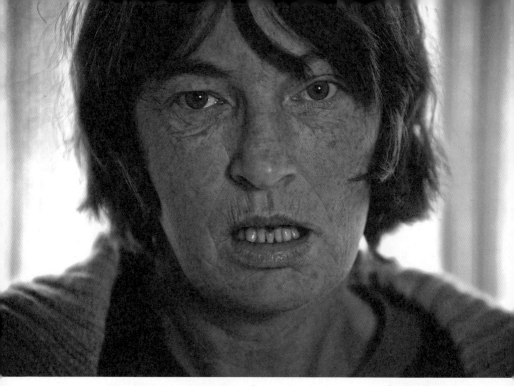

흡연은 뇌졸중의 위험을
두 배로 증가시킵니다.

25년 동안 담배를 피워온 신시아는 39살의 나이에 뇌졸중을 겪었습니다.
뇌졸중은 신시아의 언어 능력과 신체의 일부를 움직이는 능력을
망가뜨렸습니다. 신시아는 말합니다.
"제일 힘든 건, 내가 돌봐야 할 아이들에게 오히려 의존해야 한다는 겁니다."
당신에게 일어나지 않으리라는 법은 없습니다.
뇌졸중은 젊은 층에게도 발병합니다.

흡연이
이혼 사유인 것 아세요?

결혼 전 흡연 사실을 숨기거나, 결혼 후 배우자 몰래 흡연을 한다면 이혼 사유가 될 수 있습니다.

지난 2005년 서울가정법원은 흡연하는 아내에게 이혼 소송을 제기한 남편의 손을 들어줬습니다. 당시 남편은 아내가 결혼 6년 만에 어렵게 임신을 하고도 담배를 끊지 않고, 모유 수유를 하면서도 담배를 피우는 행동을 못마땅하게 생각해 금연 각서까지 받았다고 합니다.

하지만 아내는 여전히 담배를 피웠고, 참다못한 남편이 아내에게 이혼 소송을 제기했는데요, 서울가정법원은 "흡연 문제로 남편과 갈등이 있음에도 개선하려는 모습을 보이지 않았다."라며 아내의 책임을 인정했습니다.

> **가족과의 약속보다 소중한 담배,**
> 담배가 좋으면 **담배와 결혼**하세요.

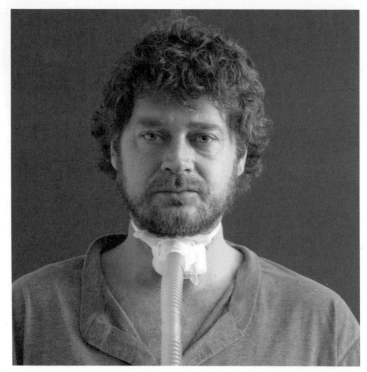

캐나다 담뱃갑 사진
출처 : 캐나다 보건부 (©Health Canada)

인후암. 침을 삼키기도 버겁습니다.

흡연은 인후암을 유발합니다. 인후암은 큰 수술을 요하는 경우가 많고,
어쩌면 호흡을 위해 목에 구멍을 뚫어야 할 수도 있습니다.

금연과 청력과의 상관관계

흡연이 청력에도 악영향을 미친다는 사실이 밝혀졌습니다. 담배 연기가 소리를 듣는 청세포에 손상을 줄 가능성이 있기 때문입니다. 하지만 금연을 하면 청력 저하의 확률이 낮아지는 것으로 나타났습니다. 일본 국립 국제의료연구센터의 연구 결과에 따르면, 피우는 담배의 개수가 많을수록 청력이 저하된다고 합니다. 담배를 하루 21개 이상 피우는 사람은 피우지 않는 사람에 비해 청력 저하가 고음역에서 1.7배, 저음역에서 4배 많이 나타났습니다. 5년 이상 금연 중인 사람의 청력 저하 위험은 비흡연자와 거의 같았습니다. 연구팀은 "니코틴의 독성 및 혈류 악화 등으로 인해 내이 세포의 기능이 떨어지는 것으로 추정된다"고 밝혔습니다. 최근 보급되고 있는 가열식 담배(전자 담배)도 니코틴을 함유하고 있으므로, 청력 저하의 위험을 높일 것으로 예측되고 있습니다.

> **담배 때문에 귀까지 안 들리면 어떻게 사시려고요.**

▶ 루이 암스트롱 (Louis Armstrong) 1901년 ~ 1971년
: 가수, 재즈 음악가
"What a Wondeful World"라는 명곡을 남겼다.

폐암, 심근경색으로 사망 (70세)

흡연자의 아이는
흡연을 할 가능성이 더 높습니다.

당신은 담배의 주성분 타르에 대해 알고 있나요?

타르는 200개 이상의 화학물질 복합체로, 이 속에는 30가지 이상의 중금속이 포함되어 있습니다. 일반적으로 '담뱃진'이라고 부르는 타르는 우리 건강에 해를 주는 대부분의 유해 물질들의 원천입니다. 이것은 그 독성이 매우 강하여 화초의 제충이나 재래식 화장실의 구더기를 구충하는 데 이용되기도 합니다.

타르 속에는 2천여 종의 독성 화학 물질이 들어 있고, 그 중에는 약 20종류의 발암 물질까지 포함되어 있습니다. 만일 하루에 한 갑씩 1년 동안 담배를 피운다면 유리컵 하나에 가득 찰 정도의 타르를 삼키는 셈이 되는 것입니다. 담배를 피우는 사람과 그 주위에 있는 사람의 폐는 최소한 43가지의 발암 물질에 노출되어 있는 것입니다.

> 담배 피우는 당신,
> 담배의 주성분인 **타르**가 **얼마나 나쁜지는 알고** 피워야죠!

나는 이제 간다. 당부하는데 무슨 일이 있어도 절대 흡연하지 말라.
율 브리너 (러시아 태생의 미국 배우, 1956년 아카데미 최고 배우상을 수상)

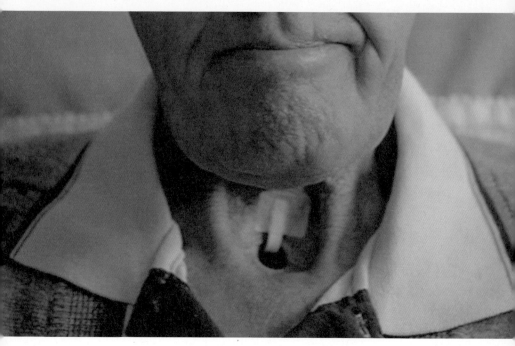

흡연은 인후암을 유발합니다.

존은 흡연자였습니다. 존은 후두암에 걸려 후두 제거 수술을 받아야 했고,
말하는 법을 처음부터 다시 배워야 했습니다.
이제 존은 목에 나 있는 구멍으로 숨을 쉴 수밖에 없습니다.

담배 피우면 걸리는 후두암이 얼마나 무서운지 알고는 있나요?

후두암은 50~60대에 주로 발병하며, 주로 성대에서 발견되어 퍼져 나갑니다. 그래서 목소리에 변화가 생겼을 때 후두암을 의심해볼 수 있죠. 감기에 걸린 것도, 목을 무리하게 사용한 것도 아닌데 쉰 목소리가 난다면 검사를 받아보는 것이 좋습니다.

후두암 초기에는 내시경만으로도 진단이 가능하며, 조기에 발견하면 두경부에 발생하는 암 가운데 가장 완치율이 높고 수술 또한 간단한 것으로 알려져 있습니다. 후두암 환자의 90~95%가 흡연자라고 합니다. 다시 말해 후두암을 예방하는 가장 확실한 방법은 금연이라고 할 수 있습니다.

"이 사진을 보고도 담배 피우는 당신, 진짜 독하네요!"

▶월트 디즈니 1901년 ~ 1966년
: 월트 디즈니사 설립자
만화 캐릭터 미키 마우스로 시작한 월트 디즈니는 '돼지 삼형제'를 계기로 유명세를 타며 크게 자라 지금의 월트 디즈니사를 키워냈다.

폐암으로 사망 (65세)

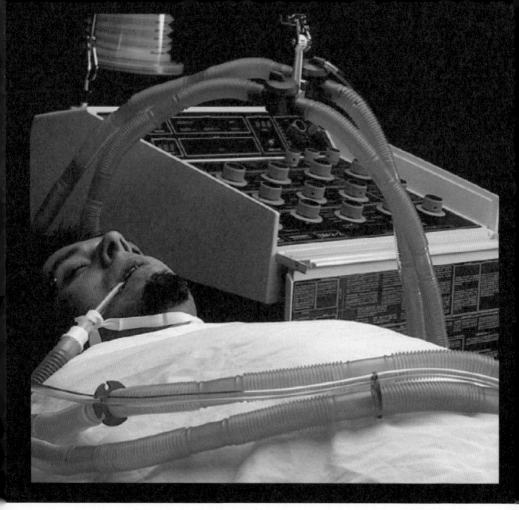

경고: 담배는 폐암의 원인입니다.

단 한 개비의 담배만으로도 당신이 폐암에 걸릴 확률은 높아집니다.

폐암의 원인은
흡연이다.

폐암의 발병 원인 중 약 85%는 흡연에 의한 것입니다.

폐암의 증상으로는 흔히 기침, 객혈, 가슴 통증, 호흡 곤란 등이 있습니다. 그러나 이러한 증상이 나타날 때쯤이면 이미 암이 진행된 경우가 많아 사망률이 매우 높습니다.

> 담배 피우는 당신은 **폐암에 걸릴 확률**이 높으니,
> **폐암 보험**이라도 들어 놓으세요.

담배여, 그대 때문이라면 죽음 이외에는 나는 무엇이라도 할 것이노라.

찰스 램 (영국 최고의 수필가)

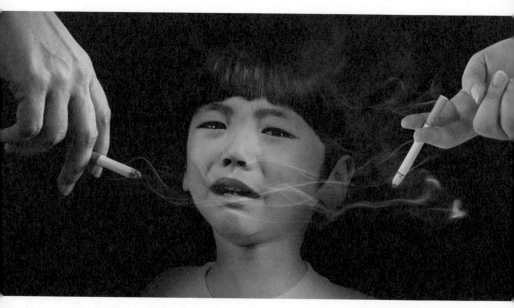

대한민국 담뱃갑 사진
출처 : 대한민국 보건복지부

어른의 흡연,
아이를 병들게 합니다.

당신의 자녀들이 3차 흡연을 하고 있다는 걸 알고 계시나요?

담배 연기를 통한 간접흡연 말고도, 3차 흡연으로 당신의 자녀가 담배의 독성 물질을 흡입하는 걸 알고 계시나요?

아무리 밖에서 담배를 피우더라도, 당신의 몸에는 담배 속 독성 물질들이 입자의 형태로, 옷, 손, 머리카락 등에 남아 있습니다. 그 독성 물질이 실내의 유해 물질과 결합하여 암을 유발하는 새로운 오염 물질을 생성하기도 합니다. 집 안에만 있어도 당신의 자녀들은 담배 한두 개비의 담배를 문 것과 같은 니코틴 수치가 나타납니다.

> **흡연하는 당신은 자녀의 건강에 악영향**을 미친다는 사실을 알고 계시죠?

▶ 이주일 1940년 10월 24일 ~ 2002년 8월 27일
: 희극인

폐암으로 사망 (63세)

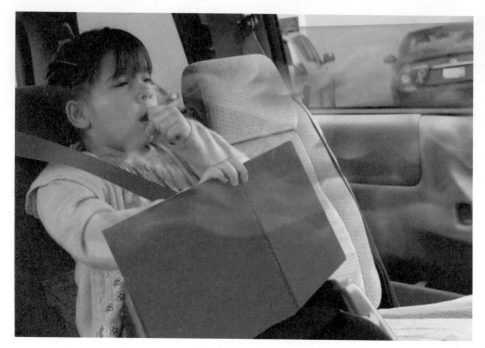

차 안에서의 흡연은
당신에게만 해로운 것이 아닙니다.

창문을 연다고 해서 담배 연기에 든
70여 종의 발암 화학 물질로부터
승객을 보호할 수는 없습니다.

차에서 담배 피우는 당신,
가족을 병들게 하는 것을 알고 계시나요?

흡연자 중 차에서 담배를 피우는 사람이 생각보다 많습니다.

담배 냄새를 없애기 위해 창문을 열어 놓고 피우는 경우가 대부분이지만, 담배의 독성 물질들이 자동차 내에 남아 당신의 가족을 병들게 합니다.

담배 연기가 없는 공간에서도 아이는 간접흡연으로 피해를 입을 수 있으며, 1차, 2차 흡연만 피하면 된다는 것은 당신만의 착각입니다.

> **당신이 차에서 담배를 피운다면,
> 아이들은 차를 탈 때마다 니코틴을 흡수한답니다.**

아무것도 하지 않으면서 무언가를 하고 있다고 믿는 것은 담배로 인해 경험하는 첫 번째 환상이다.

랄프 왈도 에머슨 (미국의 철학자이며 시인)

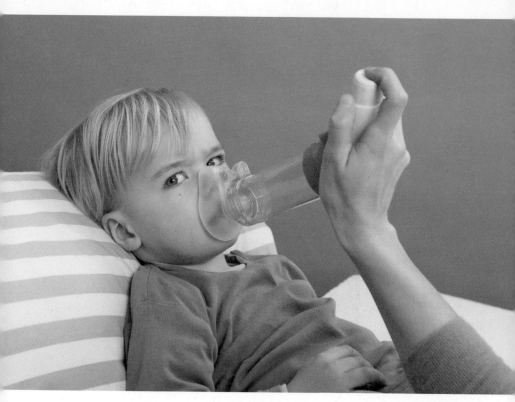

흡연은 당신의 아이와 가족,
친구를 해칩니다.

아이들이 말하는 '아빠 냄새'가
바로 3차 흡연이다.

아이들은 아빠의 담배 냄새를 보고 '아빠 냄새'라고 합니다. 그러나 아빠들은 그 뜻을 잘 이해하지 못합니다.

아빠 냄새, 즉 담배 냄새가 몸에 배어 있다면 당신의 자녀가 3차 흡연을 하고 있다는 것을 의미합니다.

3차 흡연을 하는 아이들은 항상 니코틴에 노출되어 있다고 생각하시면 됩니다. 그리고 니코틴의 노출량과 관계없이 위험도는 같습니다.

3차 흡연은 아이들의 성장 발달에 악영향을 미치고 향후 청소년 시기에 흡연할 확률을 높입니다.

"아이들을 위해 손을 씻는다고요?
아무 소용없는 행동입니다. "

▶ 험프리 보가트 (Humphrey Bogart) 1899년 ~ 1957년
: 미국 배우. 영화 〈카사블랑카〉, 〈맨발의 백작부인〉 등 출연. 제 24회 아카데미시상
  식 남우주연상 수상

식도암으로 사망 (58세)

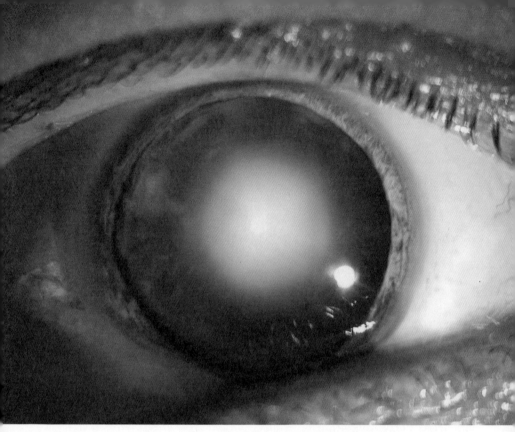

흡연은 실명의 위험을 높입니다.

거기서 내뿜어지는 검고 악취나는 연기는 밑바닥 모르게 깊은 갱 속에서 분출하는 지옥 연기와 매우 비슷하다.

제임스 1세 (영국 왕,영국 최초로 금연 구역을 지정)

담배 피우는
당신의 눈이 위험하다.

담배로 인한 질병 중 눈에 대한 질병에 대해서는 모르는 사람이 많을 겁니다. 흡연자는 일반 비흡연자보다 '녹내장', '백내장', '시신경염'에 걸릴 확률이 상당히 높습니다. 심한 경우, 시력을 잃을 수도 있습니다. 당신의 눈을 보호하는 길 중 가장 쉬운 방법은 금연입니다.

녹내장 : 눈의 시신경에 이상이 생겨 시야 결손이 생긴 후 치료하지 않고 방치할 경우 실명에 이르는 병입니다. 녹내장이 진행된 이후에는 치료가 어려운 경우가 대부분입니다.

백내장 : 수정체가 혼탁해져 마치 안개가 낀 것처럼 뿌옇게 보이는 질환입니다. 흡연자는 비흡연자보다 백내장에 걸릴 확률이 40% 정도 높습니다.

시신경염 : 시각 정보를 눈에 전달하는 100만 개의 신경 섬유 다발에 염증이 생기는 질환입니다. 시신경염에 걸리면 '시력 감퇴', '시각 장애', '시야 결손' 등 일상생활을 하는 데 불편을 겪을 수 있습니다.

"지금 이 순간에도
당신의 눈은 위험에 처해 있습니다."

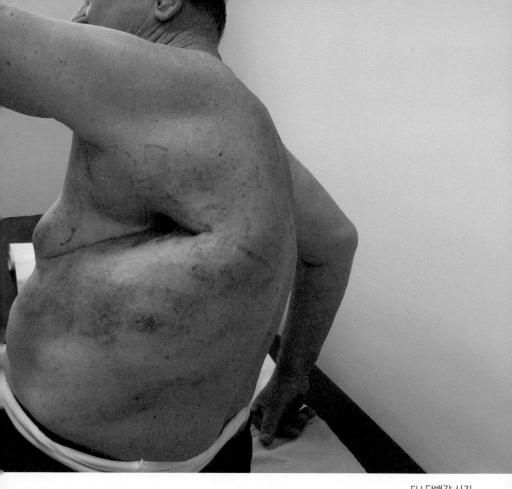

EU 담뱃갑 사진
출처 : 유럽연합 보건식품안전처 (©European Union)

흡연은 당신의 폐를 망가뜨립니다.

흡연과 골다공증

골다공증은 뼈에 구멍이 생겨 뼈가 약해지고, 그로 인해 경미한 충격에도 쉽게 골절이 되는 질병입니다. 담배 연기 속 니코틴과 카드뮴은 칼슘과 비타민D 흡수를 저해하여 뼈를 구성하는 데 필요한 영양 공급을 방해합니다. 특히 여성의 경우, 에스트로겐이 체내 칼슘 유지 역할을 합니다. 흡연이 여성 호르몬의 작용을 방해하여 에스트로겐의 농도가 떨어지면 골밀도가 감소되어 골다공증을 유발할 수 있습니다.

당신의 뼈는 지금 이 순간에도 **구멍이 생겨**나고 있습니다.

▶백남봉 1939년 2월 6일 ~ 2010년 7월 29일
: 희극인

폐암으로 사망 (71세)

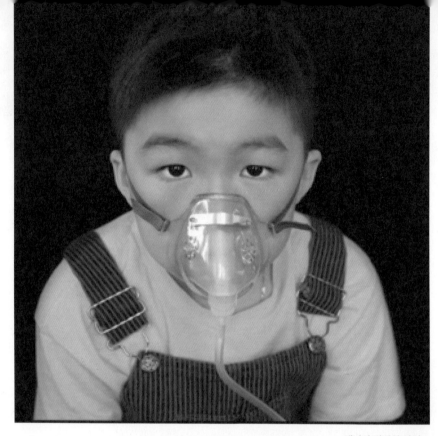

캐나다 담뱃갑 사진
출처 : 캐나다 보건부 (©Health Canada)

자녀들은 당신의 흡연이 지겹습니다.

간접흡연은 아이들에게 더 자주, 더 심한 천식 발작을 일으킵니다.

코카인이나 헤로인처럼 생리적으로, 심리적으로 중독된다. 그러므로 니코틴이 주는 효과를 대신할 무엇인가가 없으면 금연하기 어렵다. 그 예로 그동안 담배가 긴장을 풀어주었다면, 담배가 아닌 다른 스트레스 관리 방법이 없이는 담배를 끊었을 때 더 많은 스트레스를 느낄 것이다.

딘 오니시 박사 (미국 의사)

흡연은 다이어트에 도움이 된다.

단기간의 흡연은 다이어트에 약간의 도움이 됩니다. 그러나 장기적인 흡연은 혈중 스트레스 호르몬의 농도를 높이고 이로 인해 근육량이 감소하고 내장지방은 늘어나는 사과형 체형으로 변하게 됩니다.

흡연을 오래 했기 때문에 금연해봤자 아무 소용 없다.

이미 담배로 인해 망가진 몸이라고요? 절대 아닙니다. 담배를 끊는 순간부터 폐암, 식도암, 후두암 등으로 사망할 확률이 대폭 감소합니다. 지금이라도 늦지 않았습니다.

담배는 스트레스 해소에 도움이 된다.

니코틴은 흡연 7초 이내에 도파민 분비를 활성화시켜 순간적으로는 스트레스를 감소시킵니다. 그러나 시간이 지날수록 니코틴 금단 현상으로 스트레스가 더 유발하게 됩니다.

흡연은 습관이 아니라 중독이다.

흡연하는 사람들은 금연을 못 하는 이유가 니코틴 중독 때문이라고 생각합니다. 그러나 니코틴 중독보다 무서운 게 습관입니다. 당신은 지금도 똑같은 상황에서 습관적으로 담배를 피우고 있지 않나요?

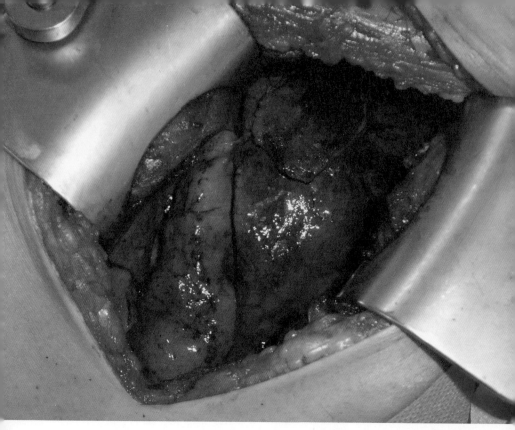

EU 담뱃갑 사진
출처 : 유럽연합 보건식품안전처 (©European Union)

흡연은 10종의 폐암 중
9종을 유발합니다.

흡연이 반려동물에 미치는 영향을 알고 계세요?

간접흡연의 무서움은 다들 알고 계실 겁니다. 간접흡연은 세포를 손상시켜 체중을 증가시키고 암을 유발하는 등 반려동물의 건강 전반에 악영향을 줍니다. 반려동물들은 3차 간접흡연에 노출되어 있습니다.

담배 연기에서 나오는 독성 물질이 입자의 형태로 벽이나 바닥에 남게되면 그것을 반려동물이 핥고 몸에 묻힙니다. 또 사람과 스킨십을 할 때 사람의 옷이나 몸에 붙어 있는 담배의 독성 물질을 핥아 삼키기도 합니다. 이렇게 3차 흡연에 노출된 개는 폐암과 비강암에, 고양이는 악성림프종에 걸릴 확률이 4배나 높다고 합니다.

특히 고양이는 자신의 온몸을 혀로 핥아 그루밍하는 동물이라, 몸에 붙어 있는 담배의 이물질들을 그대로 섭취하게 되므로 개보다 더 심각한 악영향을 받습니다.

" 당신은 사람뿐 아니라, 당신의 **반려동물**에게도
피해를 주고 있다는 사실을 알고 계시죠? "

캐나다 담뱃갑 사진
출처 : 캐나다 보건부 (©Health Canada)

단 한 번의 뇌졸중이 당신을
무력하게 만들 수 있습니다.
흡연은 뇌졸중의 주요 원인입니다.

흡연이
척추 디스크의 원인이 된다.

흡연이 척추 디스크의 원인이 될 수 있다는 사실을 알고 계시나요? 흡연자 중 만성 요통을 앓고 있는 사람은 23.3%(비흡연자는 15.7%)입니다. 담배를 피우면 니코틴이 산소와 영양 공급을 막아 뼈가 약해져, 척추 디스크 질환을 유발할 수 있습니다. 또한, 흡연으로 인한 폐기능 저하로 운동을 게을리하는 것도 척추 디스크 질환의 원인이 될 수 있습니다. 특히 청소년기에 흡연을 시작하면 추후 디스크의 퇴행이 빠르게 시작될 수 있습니다.

" 담배 피우는 당신
나중에 허리 아프다고 뭐라고 하기 없기! "

▶크리스토퍼 코넬리 (Christopher Connelly) 1941년 ~ 1988년
: 미국 배우. 〈스트라이크 코만도〉 등 출연.

폐암으로 사망 (46세)

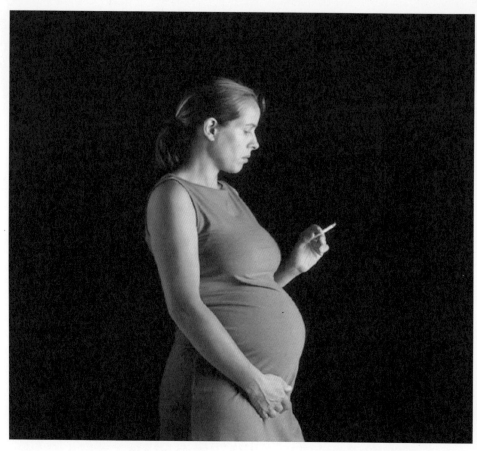

캐나다 담뱃갑 사진
출처 : 캐나다 보건부 (©Health Canada)

담배는 아기를 해칩니다.

임신 중 흡연은 뱃속 아기의 성장을 저해합니다.
이렇듯 작게 태어난 아기는 이후에도 정상 성장 속도를
따라잡지 못할 수 있습니다. 유아의 질병, 장애
그리고 사망 위험 또한 증가합니다.

흡연자의 자녀는
만성폐쇄성 폐질환 발병률이 높다.

만성폐쇄성 폐질환이란 담배의 유해 물질과 니코틴 흡입에 의해 폐에 비정상적인 염증이 일어나서 점차 폐 기능을 저하시키고 호흡 곤란을 유발하는 호흡기 질환으로 폐기종, 만성 기관지염 등이 있습니다.

흡연자 부모 밑에서 자란 아이들은 비흡연자 부모 밑에서 자란 아이들보다 3배이상 만성폐쇄성 폐질환에 걸릴 확률이 높다고 합니다. 최근 초미세먼지로 인한 만성폐쇄성 폐질환을 예방하고자, 마스크를 착용하는 사람들이 늘어나고 있습니다. 그러나 흡연자 부모를 둔 아이들은 마스크와 상관없이 항상 만성폐쇄성 폐질환에 걸릴 환경에 놓여 있는 것이나 다름없습니다.

**"미세먼지도 위험하지만,
당신의 흡연도 아이의 건강을 해치고 있네요."**

▶이종환 1937년 12월 7일 ~ 2013년 5월 30일
: 라디오 DJ

폐암으로 사망 (77세)

아이들은 어른의 거울입니다.

당신이 흡연자라면, 당신의 자녀가 흡연을 할 확률은 두 배로 높습니다.
평생 흡연을 한 사람이 조기 사망하는 원인 중 50%는 흡연입니다.

> 담배는 사랑의 무덤이다.
>
> 벤자민 디즈레일리 (영국의 정치인)

담배가 환경을 파괴하고 있다.

1. 화재 및 산불 : 전 세계 화재 발생 원인의 40%가 담뱃불이라는 사실을 알고 있나요? 화재의 주범 중 1순위가 담배입니다. 특히 대한민국은 매년 5천 건 이상의 담배로 인한 화재가 발생하고 있습니다.

2. 각종 쓰레기 발생으로 환경오염 : 담배꽁초는 분해되는 데 50년이 걸리거나 영원히 분해되지 않는다는 주장이 있습니다. 담배 한 개비는 4,000가지의 화학 성분을 포함하고 있어, 심각한 토양 오염을 유발합니다.

3. 온난화의 주범 담배 : 담배를 만드는 데 필요한 나무의 양은 엄청납니다. 흡연자가 담배 열다섯 갑을 피우면 나무 한 그루가 사라지는 것이며, 매년 전 세계에서 6억 그루의 나무들이 담배 재배에 사용되고 있습니다.

4. 전 세계 식량문제 : 21세기 현재 전 세계적으로 식량문제가 심각합니다. 만약 담배 재배에 필요한 농지를 식량 생산에 동원할 경우 연간 2000만 명의 식량문제를 해결할 수 있습니다.

5. 땅의 황폐화 : 담배는 다른 작물들에 비해 심각하게 땅을 황폐화합니다. 담배는 땅속의 질소, 칼륨 등을 빠르게 고갈시켜, 담배를 재배한 땅은 다른 작물을 생산할 수 없는 땅이 됩니다.

경고: 담배연기가 있는 곳에 시안화수소가 있습니다.

담배연기에는 시안화수소가 함유되어있습니다.
담배연기는 흡연자뿐 아니라 비흡연자에게도 두통, 어지럼증,
무기력, 메스꺼움, 현기증과 복통을 일으킵니다.

▶박광정 1962년 1월 19일 ~ 2008년 12월 15일
: 배우

폐암으로 사망 (47세)

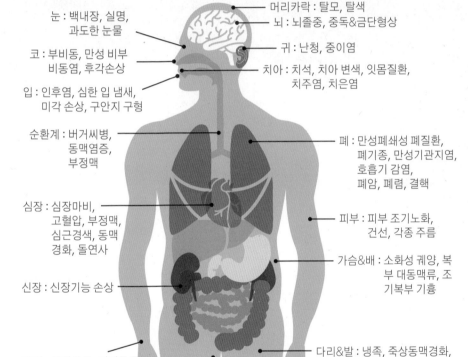

눈 : 백내장, 실명, 과도한 눈물

코 : 부비동, 만성 비부 비동염, 후각손상

입 : 인후염, 심한 입 냄새, 미각 손상, 구안지 구형

순환계 : 버거씨병, 동맥염증, 부정맥

심장 : 심장마비, 고혈압, 부정맥, 심근경색, 동맥 경화, 돌연사

신장 : 신장기능 손상

골격 : 골다공증, 허리통증, 류마티스 관절염, 고관절부 골절

남성 생식기 : 발기부전, 정자감소

여성 생식기 : 폐경,불임, 생리통, 자궁외임신, 조기 난소부전

머리카락 : 탈모, 탈색

뇌 : 뇌졸중, 중독&금단형상

귀 : 난청, 중이염

치아 : 치석, 치아 변색, 잇몸질환, 치주염, 치은염

폐 : 만성폐쇄성 폐질환, 폐기종, 만성기관지염, 호흡기 감염, 폐암, 폐렴, 결핵

피부 : 피부 조기노화, 건선, 각종 주름

가슴&배 : 소화성 궤양, 복부 대동맥류, 조기복부 기흉

다리&발 : 냉족, 죽상동맥경화, 말초혈관 질환, 심부정맥혈전증

손 : 혈액순환 장애, 말초혈관질환

"담배는 모든 병의 근원이다."

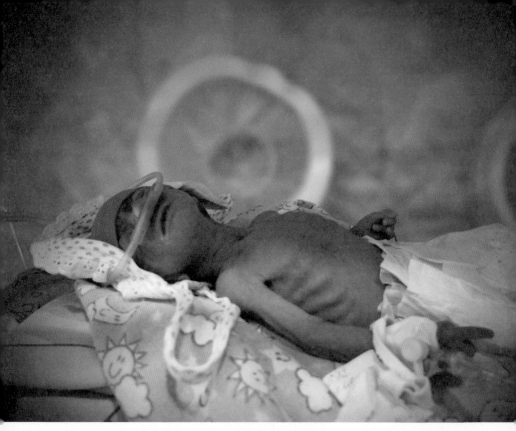

흡연은 뱃속의 아기를
죽일 수 있습니다.

저타르가
몸에 덜 해롭다고요?

담배는 보통 0.1mg, 0.5mg라고 쓰여 있습니다. 바로 개비 당 타르의 함량을 나타내는 숫자입니다.

저타르 담배는 제조할 때 담배를 무는 쪽에 미세한 구멍을 뚫습니다. 이것을 '천공'이라고 부르며, 이 천공을 통해 외부 공기가 유입되면 타르 흡입량이 줄어들게 됩니다. 그래서 저타르 담배가 몸에 덜 해롭다며 자기 합리화를 하는 경우가 많습니다. 그러나 흡연자들은 보통 담배를 피울 때 천공을 입술로 막거나, 담배를 입안 깊숙이 넣기 때문에 효과가 거의 없습니다. 결론적으로 저타르 담배를 피우든 일반 담배를 피우든 담배의 유해 물질을 흡입하는 것은 같다고 말할 수 있습니다.

66 **저타르 담배**가 덜 해롭다는 **착각은 자유**입니다 99

흡연은 스트레스나 근심, 우울, 분노, 좌절, 외로움, 지루함 같은 부정적인 현상에 대처할 때 취하는 부정적인 반응이다.

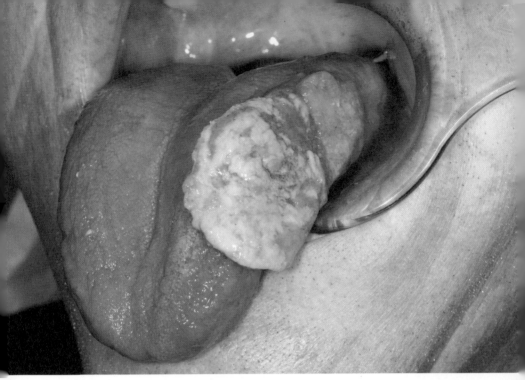

흡연은 구강암과 인후암의 원인입니다.

흡연자들의
혀의 색이 변하고 있다.

담배 피우는 사람들의 혀를 본 적이 있으신가요? 비흡연자의 혀와 다른 것을 볼 수 있습니다. 바로 설모증에 걸린 것입니다.

설모증은 혓바닥의 돌기가 길게 돋아나거나 색이 변하는 증상을 말합니다. 혀의 돌기가 길어지면 마치 털이 난 것처럼 보여서 붙여진 이름이 설모증입니다.

설모증의 원인으로는 구강 위생 불량, 탄산음료 섭취도 있지만 가장 큰 원인은 흡연입니다.

설모증에 걸렸다고 일상생활에 지장을 주는 건 아닙니다. 그러나 설모증에 걸리면 혀의 색이 갈색 또는 검은색으로 변하고 심한 구취가 나기 때문에 주변 사람들에게 혐오감을 줄 수 있습니다.

> "담배 피우는 당신, **입 냄새** 때문에
> 남몰래 **따돌림**을 당하고 있을 수도 있습니다!"

▶제임스 프랜시스커스 (James Franciscus) 1934년 ~ 1991년
: 미국의 배우. 〈혹성탈출: 지하도시의 음모〉 등에 출연.

폐기종으로 사망 (57세)

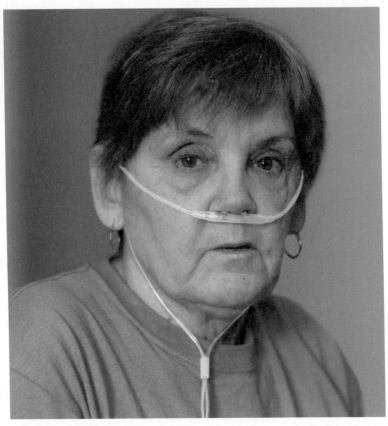

캐나다 담뱃갑 사진
출처 : 캐나다 보건부 (©Health Canada)

"숨 쉬는 것 자체가 고문이에요."
흡연으로 인해 폐허탈*을 이미 4차례나 겪었어요.
결국 42살에 폐기종을 선고 받았죠. 산소통 없이는
마치 빨대로 숨을 쉬는 것 같아요."

–Lena

*폐허탈: 폐포 내의 공기가 급격히 흡수 소화되거나 팽창 부전이 일어나서 호흡 기능이 장해 받는 상태.
호흡 곤란, 흉통 등의 증상이 있으며 심할 시 사망에 이르기도 한다.

담배로 인해
청력이 손상된다.

담배는 카드뮴 성분을 포함하고 있습니다. 이 카드뮴으로 청력을 잃을 수 있다는 사실을 알고 계시나요? 베토벤이 청력을 잃게 된 이유가 바로 카드뮴과 납 때문이었습니다.

카드뮴에 노출되면 산화스트레스 수치가 높아지면서 달팽이관의 혈류가 줄어, 귀의 청각세포가 죽습니다. 이로 인해 청력이 손상될 수 있습니다. 카드뮴의 농도가 낮더라도 지속적으로 노출되면 청력을 잃을 수 있다고 합니다.

> " 나중에 담배 때문에 **청력을 잃으면,**
> 담배 피우지 말라는 잔소리는 못 들어서 좋겠네요. "

20세기의 전염병은 우리가 생각하는 것보다 더 비싼 대가를 요구한다. 담배는 틈을 엿보며 기다리는 하나의 위험이다. 흡연자들은 첫 담배를 피운다고 졸도하지는 않는다. 흡연을 시작해서 그로 인한 사망에 이르기까지 약 20~30년이 걸린다. 흡연의 최종 결과는 치명적이다. 현재 담배로 인해서 매년 3백만 명이 사망한다. 10년간 흡연으로 약 3천만 명이 사망한다는 계산이 나온다. 이 수치는 세계에서 가장 큰 도시 몇 개의 인구를 합친 수와 같다.

- J. R. 맨사 박사

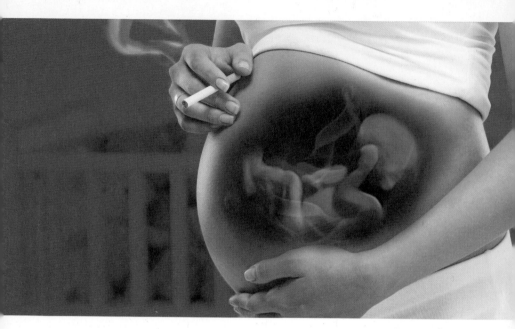

대한민국 담뱃갑 사진
출처 : 대한민국 보건복지부

흡연하면
기형아를 출산할 수 있습니다.

▶존 캔디 (John Candy) 1950년 ~ 1994년
: 캐나다 출신 배우. 〈나 홀로 집에〉, 〈쿨러닝〉 등 코미디 영화로 인기를 얻음.

심장마비로 사망 (44세)

보행 중에 흡연하는 당신은 최악의 민폐 남녀

비흡연자와 흡연자들조차 싫어하는 사람이 보행하면서 담배 피우는 사람입니다. 보행 중 흡연 시 뒤따라 걷는 사람들은 간접흡연으로 각종 발암 물질을 흡입하게 됩니다. 보행하면서 흡연하는 것은 초미세먼지를 날리고 다니는 것과 같습니다.

무엇보다 보행 중 담배의 위치는 아이들의 호흡기관 위치와 비슷하여 아이들에게 큰 피해를 줍니다. 보행 중에 담배를 흔들며 걸으면 담뱃불은 흉기로 변해 아이에게 화상을 입힐 수도 있습니다. 실제로 일본에서는 보행 중 흡연으로 아이가 실명하는 사고가 발생하기도 하였습니다. 제발 보행 중에 흡연은 삼가 주시기 바랍니다.

> **보행**하면서 **흡연**하는 당신,
> **최악의 민폐남녀**인 거 알고 계시죠?

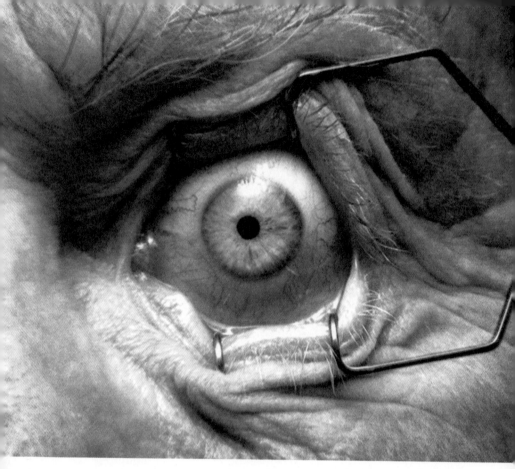

호주 담뱃갑 사진
출처: 호주 보건부 (©Commonwealth of Australia)

흡연은 실명을 유발합니다.

흡연은 당신의 눈을 손상시켜 실명을 유발합니다.

금연은 마라톤과도 같다. 삶의 피니시라인까지 참아야 한다.

밥 먹었으니,
식후땡이 최고야!

식후땡이란 식사가 끝난 후를 뜻하는 '식후(먹을食 뒤後)'라는 한자어와 '땡' 이라는 유행어가 합쳐져 새로이 등장한 단어로, 식후에 행하는 흡연을 말합니다. 흡연자 대부분은 식후땡의 경우 담배가 더 맛있고, 소화가 잘 된다고 말합니다.

틀린 말은 아닙니다. 식사 후 각종 기름기가 혀의 표면을 코팅합니다. 혀의 가장 끝부분을 제외하고는 대부분 기름으로 코팅되기 때문에 담배의 쓴맛을 잘 느끼지 못합니다. 더욱이 단맛을 내는 담배 속 페릴라르틴 성분 때문에 평소보다 담배가 더 맛있게 느껴지는 것입니다.

또한 담배의 니코틴이 위산 분비를 자극시켜 소화에 약간의 도움이 되기도 합니다. 그러나 니코틴은 중독성 물질이기 때문에 소화를 위해 담배를 피우는 건, 소화를 위해 독약을 먹는 것과 마찬가지입니다. 그리고 식후땡을 계속 하게 되면 되려 위액 분비 조절이 엉망이 되어 위염과 위궤양에 걸릴 수 있습니다.

**식후땡 참 맛있지만,
위염과 위궤양으로 가는 지름길이라는 사실을 명심하세요.**

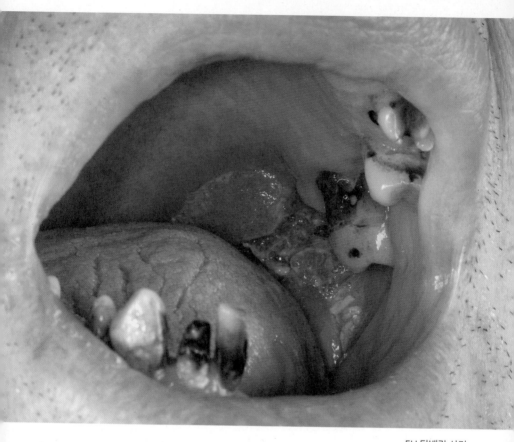

흡연은 치아와 잇몸을 손상시킵니다.

담배로
입냄새를 없앤다고요?

담배를 피우는 사람 중 입안이 텁텁할 때 입 냄새를 없앨 요령으로 흡연하는 사람이 많습니다. 흡연자는 항상 흡연을 하기 때문에 담배로 인한 입 냄새를 모르는 경우가 태반입니다. 식사 후 흡연을 할 경우, 담배 냄새가 음식 냄새를 덮어 음식 냄새가 사라진다는 착각을 할 수 있습니다. 그러나 담배는 입 냄새를 악화시키는 주범 중의 하나입니다. 담배의 연기가 입안을 건조하게 만들어 구취를 유발하기 때문입니다.

식사 후 담배를 피우고 이까지 닦지 않는다면, 입안에 치석이 증가하여 입이나 점막에 잇몸병, 치주 질환이 생길 수 있습니다.

> ❝ **식사 후 담배**까지 피우고 제발 나에게 말 좀 걸지 마!
> **입 냄새 장난 아니야!** ❞

▶심재원 1953년 7월 30일 ~ 1994년 5월 19일
: 야구 선수

폐암으로 사망 (41세)

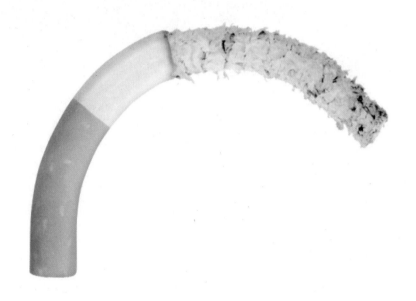

담배는 성기능 장애의 원인입니다.

담배는 음경으로 가는 혈류를 줄여 성기능 장애를 유발할 수 있습니다.

이는 발기 부전으로 이어질 수 있습니다.

담배 맛있습니까? 그거, 독약입니다. 담배는 가정을 파괴합니다. 여러분! 끊으십시오.

이주일 (코미디언)

흡연하는 당신,
건강을 위해 운동을 한다고요?

흡연하는 사람들 중에 건강을 위해 운동을 하는 사람이 생각보다 많습니다. 그러나 흡연을 하면서 운동을 하게 되면 효과가 현저히 떨어진다는 사실을 알고 계시나요?

모든 운동의 가장 기본은 호흡입니다. 호흡에서 가장 중요한 부분은 기관지와 폐입니다. 그러나 담배는 기관지와 폐를 심각하게 손상시켜 운동 수행 능력을 급격히 떨어뜨립니다. 호흡이 어려워지면 근육의 수축과 이완도 힘들어져 근육이 쉽게 피로해집니다.

운동을 할 때, 간도 중요한 역할을 합니다. 담배를 피우면 간에 무리가 가 몸이 쉽게 피곤해집니다. 몸이 피로감을 쉽게 느낀다면 운동의 효과가 떨어집니다. 건강을 생각해서 운동하는 것은 좋지만 가장 먼저 금연부터 하는 것이 중요합니다.

> 몸을 생각한다면 먼저 담배를 끊어라!
> ## 담배 피우면서 건강한 몸을 바라는 건 아니겠죠?

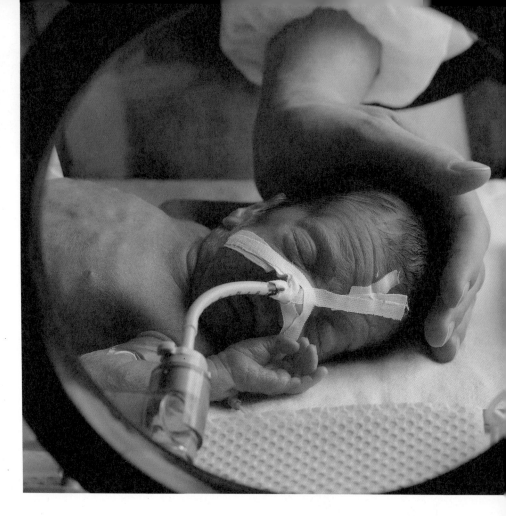

흡연은 뱃속의 아기를 해칩니다.

임신 중 흡연은 태반의 혈류를 감소시키고, 아이의 성장에 필요한
산소와 영양분을 제한합니다. 흡연은 유산, 사산, 조산, 출산 중에 문제가
생길 위험 혹은 두뇌나 몸이 더 작은 아이를 출산할 위험 등을 증가시킵니다.
당신은 끊을 수 있습니다.

전자 담배 속의 유해 물질

전자 담배 역시 일반 담배와 마찬가지로 유해 물질을 포함하고 있습니다. 어떤 유해 물질을 포함하고 있고 이로 인해 어떤 질병에 걸릴까요?

니코틴 : 뇌졸중, 협심증, 심근경색, 고혈압
아크롤레인 : 호흡기 질환, 호흡기 점막 자극, 폐 질환
벤조피렌 : 뇌졸중, DNA손상, 적혈구 파괴, 면역력 저하
포름알데히드 : 인두염, 기관지염
아세트알데하이드 : 부정맥, 비염, 만성 호흡기 질환
프탈레이트 : 불임, 발기 부전, 폐 손상, 성장 호르몬 파괴, 당뇨병
니트로사민 : 간암, 질산염, 피부암 등

" 전자 담배가 몸에 좋다는 생각은 버려.
그놈이 그놈이여. "

▶이청준 1939년 8월 9일 ~ 2008년 7월 31일
: 소설가

폐암으로 사망 (70세)

EU 담뱃갑 사진
출처 : 유럽연합 보건식품안전처 (©European Union)

흡연은 뱃속의 아기를 죽일 수 있습니다.

금연에 성공한 사람이 독한 것이 아니라, 아직도 담배를 피우고 있는 당신이 독한 것이다!

전자 담배와 일반 담배의 차이점

일반적으로 전자 담배는 일반 담배보다 덜 유해하다고 알려져 있습니다. 그래서 전자 담배가 큰 인기를 얻었습니다. 하지만 최근, 궐련형 전자 담배가 일반 담배와 비슷하거나 더 유해하다는 식약처의 발표가 있어 논란이 일고 있습니다.

전자 담배는 연기가 보이지 않고, 냄새도 크게 나지 않기 때문에 주위 사람들이 간접흡연을 자각하지 못해 더 해롭다는 이야기가 있습니다. 또한, 전자 담배는 니코틴, 타르 등 유해 물질 성분 표시 의무도 없으므로 실제로 어떤 성분이, 얼마큼 포함돼 있는지 알 길이 없습니다.

결국, 전자 담배는 해로움을 자각하지 못한다는 점 때문에 일반 담배보다 더 해로울 수 있습니다.

일반 담배, 전자 담배
누가 덜 해로운가 편가를 것 없이 모두 해롭다.

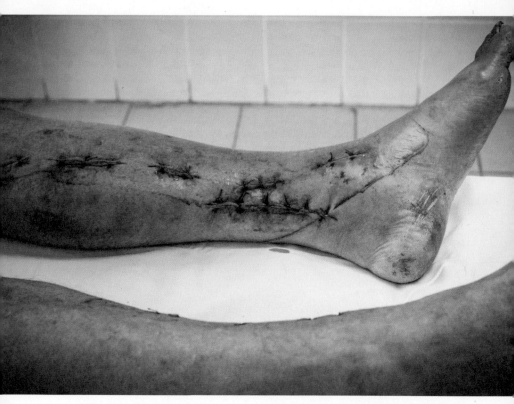

흡연은 당신의 동맥을 막습니다.

스트레스와 담배

스트레스를 받으면 담배를 피우는 사람이 있는데, 이는 오히려 우울증 위험을 높인다는 연구 결과가 있습니다. 우울증 위험도를 1로 잡을 때 스트레스 해소 방법으로 흡연을 선택한 사람의 위험도는 1.7로 나타났습니다.

물론 니코틴이 억제된 감정을 풀어주면서 순간적으로 기분이 좋아질 수는 있습니다. 하지만 습관이 되면 효과가 점점 떨어지고 오히려 스트레스 호르몬을 분비시켜 우울증 위험도가 높아지게 됩니다.

스트레스 강도가 높을수록 자극적인 것을 찾고 건강하지 못한 행동을 하게 됩니다. 스트레스 해소 방법으로 담배를 피우는 것보다 대화나 운동, 문화생활 등 본인에게 맞는 즐거운 일을 찾는 것이 좋습니다.

"스트레스 풀려고 피운 담배가 오히려 우울증을 유발하는 아이러니!"

▶율 브리너 (Yul Brynner) 1915년 7월 11일 ~ 1985년 10월 10일
: 배우

폐암으로 사망 (65세)

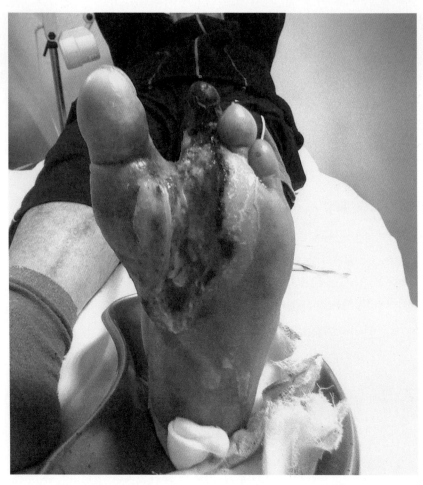

흡연은 당신의 동맥을 막습니다.

담배, 끊는 것은 힘들지만 끊지 않으면 더 힘들어집니다.

흡연 청소년 자살 시도 비흡연자보다 많다.

흡연 청소년 자살 시도 경험, 비흡연 청소년의 4배

청소년 흡연과 자살 시도 간의 연관성을 조사한 결과, 흡연 청소년은 7.3%가 자살 시도를 한 경험이 있다고 답한 반면, 비흡연 청소년은 1.9%만이 자살 시도를 경험했다고 답했습니다. 흡연 청소년이 비흡연 청소년보다 4배가량 높은 수준으로 자살 시도를 한 셈입니다. 흡연 청소년 5명 중 1명은 최근 12개월 이내에 자살을 심각하게 생각한 적이 있다고도 답했습니다. 또한, 흡연량이 늘어날수록 자살 시도 경험률이 높아진다는 연구 결과도 있습니다.

이런 결과는 니코틴 의존성 때문입니다. 어린 나이 때부터 흡연을 시작한 청소년은 니코틴 의존도가 높습니다. 의존성은 뇌에 부정적인 영향을 미치기 때문에 청소년의 자살 시도에 영향을 미치는 중요한 인자가 될 수 있습니다.

> " 어렸을 때 **호기심에 배운 담배**가 **자살로** 이어진다니, 얼마나 슬픈 일입니까? "

흡연은 생식 기능을 저하시킵니다.

▶길창덕 1930년 1월 10일 ~ 2010년 1월 30일
: 만화가

폐암으로 사망 (81세)

당신의 자녀가 초등학생 때부터 담배를 피울 수 있다는 사실

어느 날 내 자녀가 담배 피우는 사실을 알았다면

초등학생 흡연 예방 교육이 있습니다. 초등학생 대상 금연 글짓기 공모전도 열립니다. 왜 그럴까요?

바로 초등학생 때부터 담배를 피우는 아이들이 있기 때문입니다. 초등학생 흡연 실태 조사보고서에서는 흡연에 노출된 어린이 비율이 전체 중 10%를 넘어선 것으로 나타났습니다.

한국학교보건협회가 초등학교 6학년생 2401명을 대상으로 조사한 결과, 흡연하는 중이거나 흡연 경험이 있는 학생은 288명이었습니다. 한 학급 학생 수를 30명으로 보면 학급 당 3~5명이 흡연하는 셈입니다. 아이들이 흡연하게 된 계기로는 스트레스도 있지만, 부모의 흡연에서 영향을 받는 경우가 가장 많았습니다. 이처럼 부모의 흡연은 자녀의 흡연 시도 유발의 결정적인 요인이므로 부모가 금연하는 것이 중요합니다.

> **자녀를 위해서라도 담배보다는 다른 활동으로 스트레스를 해소**하는 것은 어떨까요?

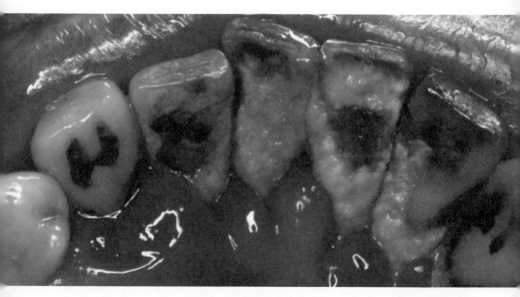

대한민국 담뱃갑 사진
출처 : 대한민국 보건복지부

흡연하면
치아의 색이 변합니다.

20대도 담배로 인해 돌연사할 수 있다.

젊은 나이의 돌연사는 '급성 심근경색'이 주요 원인입니다. 급성 심근경색은 심장 혈관이 갑자기 막히면서 심장 근육이 괴사하는 질병입니다. 동맥경화가 있는 사람에게 발생하기 쉬우며, 동맥경화는 흡연과 관련이 있습니다.

담배는 혈액 내 산소량을 줄여 혈관 내벽을 파괴하고, 혈관을 확장하는 물질의 분비를 막으며, 혈액을 응고시킵니다. 따라서 담배는 동맥경화의 진행을 가속화하여 심근경색 발병 위험을 5배 이상 높일 수 있습니다.

또한, 미국에서는 하루에 담배 10개비를 피울 때마다 남자는 18%, 여자는 31%씩 심혈관계 질환으로 사망할 확률이 높아진다는 연구도 있습니다. 실제로 20대 남성이 스트레스를 풀기 위해 과도한 흡연을 하다가 급성 심장마비로 응급실에 실려 간 사례가 있습니다.

" 담배는 어느날 갑자기 **원인 모를 사망**에 이르게 하는 **소리 없는 암살자**입니다. "

잊지 마세요. 금연의 끝은 해피엔딩입니다.

캐나다 담뱃갑 사진
출처 : 캐나다 보건부 (©Health Canada)

경고: 소리없이 당신의 생명을 갉아먹습니다.

담배연기는 시안화수소, 포름알데히드, 벤젠과 같은
독성 물질을 포함하고 있습니다.
간접흡연은 폐암 및 다른 질병으로 인한 사망을 초래합니다.

재즈계의 대부 루이 암스트롱 금연을 해야만 하는 이유를 죽고나서야 알았다.

1960년대 말에 어느 TV쇼에 출연한 루이 암스트롱은 은퇴에 관해 농담을 던집니다. 이 당시 그는 트럼펫도 거의 불 수 없을 정도로 건강이 무척 좋지 않았으나 은퇴는 영원히 없다고 선언합니다. 주치의가 왜 담배를 끊으라고 하는지 모르겠다고 말하는 장면에서 다시 한 번 흐르는 "What a Wonderful World"가 그의 말년의 쓸쓸함을 잘 대변하는 듯합니다.

루이 암스트롱(Louis Armstrong) 1901년 ~ 1971년
: 가수, 재즈 음악가
"What a Wonderful World"라는 곡으로 유명하다.
→ 폐암, 심근경색으로 사망(70세)

> **"당신도 담배 때문에 병원에 가서야**
> **이 책을 본 사실을 기억할 것이다."**

폴 뉴먼 1925년 1월 26일 ~ 2008년 9월 26일
: 영화배우

폐암으로 사망 (83세)

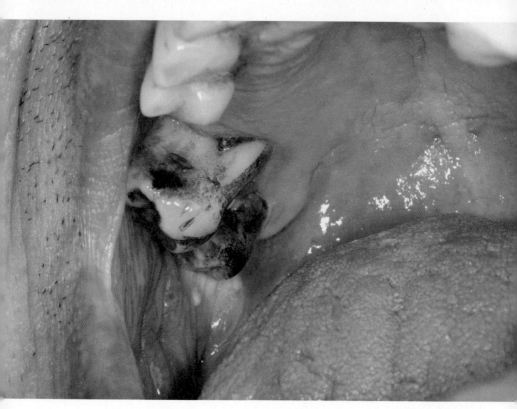

EU 담뱃갑 사진
출처 : 유럽연합 보건식품안전처 (©European Union)

흡연은 치아와 잇몸을 손상시킵니다.

첫 번째 담배를 피우지 않는다면 두 번째 담배도 피우지 않을 것이다.

씹는 담배로 구강암 걸린 '베이브 루스'와 '커트 실링'

'베이브 루스'는 통산 714개의 홈런, 0.342의 타율, 2,873개의 안타를 기록했고 개인 통산 월드시리즈 우승을 일곱 차례 경험하는 등 메이저 리그를 대표하는 전설적인 홈런왕입니다. 그런데 베이브 루스는 '씹는 담배' 때문에 구강암에 걸려 한창나이인 53세에 사망하였습니다. 베이브 루스는 5살 때부터 씹는 담배를 애용했다고 합니다. 경기 중에도 항상 씹는 담배를 애용한 그는 위대한 기록을 남긴 전설적인 선수가 됐지만, 씹는 담배가 불러온 재앙인 구강암은 피하지 못했습니다.

유명 야구 선수가 씹는 담배로 암과 싸우는 이야기는 또 있습니다. 보스턴 레드삭스는 2004년 월드 시리즈에서 86년 만에 우승컵을 들어 올렸습니다. 그 중심에는 양말에 피가 배일 정도로 공을 던진 '커트 실링'이 있었죠. 그랬던 그 역시 최근 씹는 담배로 구강암 투병 중입니다. 커트 실링은 자신의 SNS를 통해 "나는 지난 30년간 씹는 담배를 애용해 왔는데, 내가 암에 걸린 이유는 의심할 것도 없이 씹는 담배 때문이다."라고 말했습니다.

역사에 남을 **기록**을 세워도,
담배 때문에 건강하게 **오래 살지 못한다면** 얼마나 안타깝습니까.

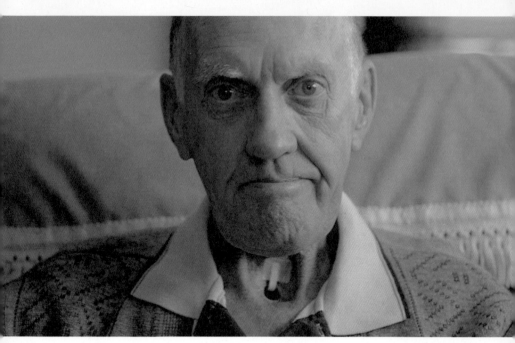

흡연은 인후암을 유발합니다.

행복한 가정을 이루기 위해서는 바람과 담배를 절대 피우면 안 된다.

폐암으로 사망한 유명인들(한국인)

이주일 1940년 10월 24일 ~ 2002년 8월 27일 : 희극인
→ 폐암으로 사망(63세)

이미경 1960년 2월 1일 ~ 2004년 4월 11일 : 배우 → 폐암으로 사망(45세)

박광정 1962년 1월 19일 ~ 2008년 12월 15일 : 배우 → 폐암으로 사망(47세)

백남봉 1939년 2월 6일 ~ 2010년 7월 29일 : 희극인 → 폐암으로 사망(71세)

심재원 1953년 7월 30일 ~ 1994년 5월 19일 : 야구 선수
→ 폐암으로 사망(41세)

길창덕 1930년 1월 10일 ~ 2010년 1월 30일 : 만화가 → 폐암으로 사망(81세)

이종환 1937년 12월 7일 ~ 2013년 5월 30일 : 라디오 DJ
→ 폐암으로 사망(77세)

이청준 1939년 8월 9일 ~ 2008년 7월 31일 : 소설가 → 폐암으로 사망(70세)

"이들의 **공통점**이 보이시나요?
폐암의 약 85%는 **흡연**이 원인입니다."

흡연은 당신의 폐를 망가뜨립니다.

전 세계 그 어떤 질병보다 사람을 가장 많이 죽음으로 몰아 넣은 것은 담배이다.

담배로 인해 사망한 유명인들(외국인)

험프리 보가트(Humphrey Bogart) 1899년 ~ 1957년 : 미국 배우. 영화 〈카사블랑카〉, 〈맨발의 백작부인〉 등 출연. 제 24회 아카데미시상식 남우주연상 수상

→ 식도암으로 사망(58세)

크리스토퍼 코넬리(Christopher Connelly) 1941년 ~ 1988년 : 미국 배우. 〈스트라이크 코만도〉 등 출연. → 폐암으로 사망(46세)

존 캔디(John Candy) 1950년 ~ 1994년 : 캐나다 출신 배우. 〈나 홀로 집에〉, 〈쿨러닝〉 등 코미디 영화로 인기를 얻음. → 심장마비로 사망(44세)

월트 디즈니 1901년 ~ 1966년 : 월트 디즈니 설립자

만화 캐릭터 미키 마우스로 시작한 월트 디즈니는 '돼지 삼형제'를 계기로 유명세를 타며 크게 자라 지금의 월트 디즈니사를 키워냈다.

→ 폐암으로 사망(65세)

**"돈과 명예로 살 수 없는 게 건강입니다.
그러나 당신은 담배를 피우면서 건강을 버리고 있습니다."**

"담배를 끊는 것은 세상에서 가장 쉬운 일이다.
내가 수천 번도 넘게 끊어봐서 잘 안다."

– 마크 트웨인(작가)

Chapter
02

미래를
바꾸자

—

금연은 더 이상 선택이 아닌
필수입니다.

금연하면
좋은 점

매년 180만 원 절약, 입 냄새 제거, 살아나는 미각, 건강한 몸 등
➡ 금연하면 나의 모든 것이 바뀝니다.

금연을 하면 좋은 점은 우선 돈을 절약할 수 있다는 점입니다. 담배 한 갑에 5천 원 시대인 요즘, 하루 한 갑씩 산다는 가정 하에 한 달 동안 담뱃값으로만 약 15만 원, 1년이면 180만 원을 지출하게 됩니다. 금연을 하면 1년에 180만 원으로 여행도 다녀올 수 있고, 가전제품을 새로 살 수도 있습니다.

금연을 하면 몸에 밴 담배 냄새와 입 냄새가 사라집니다. 이성과 대화할 때 담배 냄새는 치명적이라고 할 수 있습니다. 아무리 잘 생기고, 예쁘다고 한들 담배 냄새가 나는 사람에게는 호감도가 많이 떨어집니다. 특히 비흡연자라면 담배 냄새에 대한 거부감이 더욱 심합니다.

금연을 하면 밥맛도 좋아집니다. 담배를 피우게 되면 유해 물질 때문에 미각도 점차 마비되는데, 금연을 하게 되면 점차 미각이 돌아와 제대로 된 맛을 느낄 수 있게 됩니다.

금연하면 건강이 좋아집니다. 혈액 순환이 좋아져 신진대사를 촉진하고 피부에도 생기가 돌게 됩니다. 호흡도 편해지고, 가래나 기침도 사라지며 온 몸이 전체적으로 편안해집니다.

금연
결심하기

금연에는 준비가 필요합니다. 물론 누구보다도 강력한 의지가 있다면 금연을 결심한 순간부터 담배를 끊을 수 있겠지만 대부분의 사람들은 정신을 단련할 시간과 준비가 필요합니다.

하지만 금연을 준비하는 기간이 늘어날수록 금연에 성공할 확률이 점차 낮아집니다. 따라서 한 달 이내로 목표를 세우고 실천에 옮기는 편이 좋습니다.

금연을 결심하기 위해서는 우선 흡연 욕구를 자극하는 원인을 찾아야 합니다. 아침에 일어나자마자 혹은 식사 후 커피를 마시면서, 용변을 볼 때 등 자신이 어떤 흡연 패턴을 가지고 있는지 파악해야 합니다.

이렇게 자신의 흡연 패턴과 원인을 분석한 후 최대한 도움되는 환경을 조성하도록 노력해야 합니다.

또한, 담배를 손이 닿기 불편한 곳에 두고 흡연 장소를 옥상이나 걸어서 10분 거리에 두는 등 접근성이 떨어지게 만드는 방법도 좋습니다. 여기에 주변 사람에게 금연 의지를 밝혀 두면, 흡연 욕구가 일어날 때마다 응원과 감시를 통해 도움을 받을 수 있습니다.

구체적인 금연 이유를 찾는 방법도 좋습니다. 임산부가 된 아내를 위해, 곧 태어날 아기를 위해, 떨어진 체력을 회복하기 위해, 여자친구가 싫어하는 담배 냄새를 없애기 위해 등 담배를 끊어야 하는 구체적인 이유를 찾아야 합니다.

금연에 실패하는 이유는 다양합니다. 하지만 크게 네 가지로 정리할 수 있습니다.

첫 번째로, 금연하는 이유가 뚜렷하지 않기 때문입니다. 금연을 시도했다가 실패한 대다수 사람들은 금연하는 구체적인 이유를 만들지 않고 막연히 금연을 시도했다가 실패합니다. 이런 소극적인 자세로는 금연을 해내기 어렵습니다.

금연은 주변 사람들의 성화에 밀려 하는 게 아니라 자신을 위해 하는 것입니다. 건강에 나쁘니까 금연을 해야 한다는 막연한 생각보다는 금연했을 때 자신에게 어떤 이득이 올지를 구체적으로 따져봐야 합니다. 발병한 지 3년 안에 80%가 사망하는 폐암 같은 병에 걸리면 자신의 인생이 어떻게 될지 생각해봐야 합니다.

두 번째는 스트레스 때문입니다. 흡연 욕구를 잘 참아도 스트레스를 받으면 다시 담배를 피우는 경우가 많습니다. 스트레스를 받았을 때 흡연 욕구가 나타나는 시간은 5분 정도입니다. 이 시간만 잘 넘기면 흡연 욕구는 사라집니다.

따라서 5분 동안 껌을 씹거나, 물을 마시거나, 사탕을 먹는 식으로 버텨내야 합니다.

세 번째 이유로는 술자리를 들 수 있습니다. 술은 금연에 절대 도움이 되지 않습니다. 술을 마시면 절제 능력이 약해져 금연에 대한 의지가 흔들리기 때문입니다. 어쩔 수 없이 술자리에 가게 된다면 흡연 욕구를 최대한 억제할 수 있도록 오랫동안 씹는 안주나 과일 등을 많이 먹는 게 도움이 됩니다.

마지막 이유는 금연에 도움이 되는 여러 가지 물건을 사용하지 않기 때문입니다. 금연에서 오는 금단 증상을 해소하는 껌, 사탕, 금연초, 약 등을 적극적으로 사용하면 금연에 어느 정도 도움이 될 수 있습니다. 또한, 금연클리닉을 통해 전문가와 상담하는 방법도 좋은데, 이런 방법을 외면하기 때문에 매번 금연에 실패하게 됩니다.

니코틴
의존도 테스트

니코틴 의존도 평가 질문 – 점수별 응답범주 목록	
점수	응답범주
하루에 보통 몇 개비나 피우십니까?	0점 : 10개비 이하
	1점 : 11~20개비
	2점 : 21~30개비
	3점 : 31개비 이상
아침에 일어나서 얼마 만에 첫 담배를 피우십니까?	3점 : 5분 이내
	2점 : 6~30분 사이
	1점 : 31분~1시간 사이
	0점 : 1시간 이후
금연구역(화장실, 술집, 극장, 병원 등)에서 담배를 참기가 어렵습니까?	1점 : 예
	0점 : 아니오
하루 중 담배 맛이 가장 좋은 때는 언제입니까?	1점 : 아침 첫 담배
	0점 : 그 외의 담배

오후와 저녁시간보다 오전 중에 담배를 더 자주 피우십니까?	1점 : 예
	0점 : 아니오
몸이 아파 하루 종일 누워있을 때에도 담배를 피우십니까?	1점 : 예
	0점 : 아니오

0~3점 : 니코틴 의존도가 낮다. (의지만으로도 충분히 금연에 성공 가능성 높다.)

4~6점 : 니코틴 의존도가 중간 (의지와 금연보조제로 금연에 성공할 수 있다.)

7점 이상 : 니코틴 의존도가 높다. (약물과 주위의 도움이 필수적이다.)

단계별로
금연 성공하기

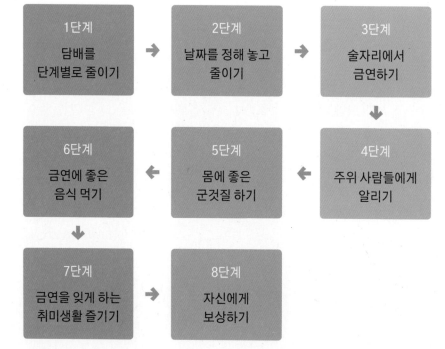

1단계	2단계	3단계
담배를 단계별로 줄이기	날짜를 정해 놓고 줄이기	술자리에서 금연하기

6단계	5단계	4단계
금연에 좋은 음식 먹기	몸에 좋은 군것질 하기	주위 사람들에게 알리기

7단계	8단계
금연을 잊게 하는 취미생활 즐기기	자신에게 보상하기

1단계 - 담배를 단계별로 줄이기

담배를 끊는 방법 중 첫 번째는 처음부터 욕심부리지 않고 단계별로 조금씩 줄이는 것입니다. 금연을 시도하는 사람들은 대부분 "오늘부터 담배를 아예 피우지 않겠다."고 다짐하고는 하는데, 금단 증상이 생각보다 강하기 때문에 금방 담배를 다시 피우게 되고 금연에 실패하는 경우가 많습니다.

이 때문에 한 번에 끊는 것보다 단계적으로 담배 피우는 횟수를 줄여 나가는 것이 큰 도움이 됩니다. 예를 들어 하루에 한 갑을 피우던 사람이라면, 금연을 결심하고부터는 하루에 반 갑, 한 달 뒤에는 하루에 5개비를 피우는 겁니다. 이런 식으로 단계적으로 줄여 나가야 금연에 대한 부담감이 덜하고 성공 가능성이 높아집니다.

2단계 - 날짜를 정해 놓고 줄이기

두 번째 단계로는 금연 기간을 정하는 것입니다. 예를 들면 일주일 동안만 담배를 끊겠다고 결심한 후 직접 실천해 보는 겁니다. 담배를 끊은 지 일주일 만에 다시 담배를 피웠을 때 신체 변화가 처음 담배를 피웠을 때처럼 예민하게 느껴진다면 일주일간 느꼈던 좋은 변화가 아까워 담배를 끊는 데 집중하게 됩니다.

이렇게 기간을 정해 놓고 금연하는 방법도 첫 번째 단계와 병행하면 좋은 결과를 얻을 수 있을 겁니다.

3단계 - 술자리에서 금연하기

세 번째 단계는 술자리에서 금연하는 것입니다. 술자리를 아예 안 나가는 게 가장 좋지만, 어쩔 수 없이 나가야 할 때에는 담배에 눈길조차 주지 않는 게 좋습니다. 술자리에 합석한 흡연자들이 담배를 피우러 나갈 때도 따라가기보다는 비흡연자와 함께 있는 편이 금연에 도움이 됩니다. 술자리에서 담배를 권유받아도 절대로 피우지 않는 단호한 모습을 보여야 합니다.

4단계 - 주위 사람들에게 알리기

네 번째 단계는 주위 사람들에게 자신의 금연을 적극적으로 알리는 것입니다. 평소에 같이 담배를 피우던 사람에게도 자신이 지금 금연 중이라는 사실을 알려야 합니다. 여기에 금연에 실패하면 어떻게 하겠다 하는 약속까지 더해진다면 금연으로 가는 길은 더욱 가까워집니다. 특히 주변 사람 중에 금연에 성공한 사람이 있다면 자신도 그렇게 되고 싶다고 말하고 도움을 받아야 합니다.

5단계 - 몸에 좋은 군것질 하기

다섯 번째 단계는 금단 증상을 해결하기 위해 몸에 좋은 군것질을 하는 것입니다. 습관적으로 담배를 피우던 사람은 입이 심심하거나, 손이 심심하다는 이야기를 자주 합니다. 담배가 생각날 때마다 견과류를 먹거나 비타민C를 보충할 수 있는 과일을 먹는 것이 좋습니다.

6단계 - 금연에 좋은 음식 먹기

여섯 번째 단계로는 금연에 좋은 음식을 먹는 방법입니다. 금연에 좋은 음식으로는 우유, 된장, 양파, 오렌지, 토마토, 녹차 등이 있습니다. 이 중에서 양파와 된장은 해독 효과에 탁월하고, 토마토는 폐 기능 저하를 늦추면서 손상된 폐를 복구해 줍니다. 담배와 어울리는 커피 대신 마시면 좋은 녹차는 타닌, 카테킨 성분이 들어 있어 유해 물질을 배출하는 데 도움이 됩니다.

7단계 - 금연을 잊게 하는 취미생활 즐기기

일곱 번째 단계는 취미생활을 통해 금연하고 있다는 사실 자체를 잊는 것입니다. 게임이나 퍼즐 맞추기, 독서, 영화 감상, 음악 감상, 등산, 달리기 등 다양한 취미활동 중에서 자신에게 맞는 취미를 골라 심취해야 합니다. 이를 즐기는 동안 생활에 대한 만족도도 높아지고, 자신이 금연 중이라는 사실도 잊은 채 자연스레 담배와 멀어집니다.

8단계 - 자신에게 보상하기

마지막 단계는 자신에게 보상을 하는 방법입니다. 특정 기간 동안 금연에 성공하면 자신이 얼마나 대견스러울까요. 이럴 때 평소에 갖고 싶었던 물건이나 먹고 싶었던 음식을 자신에게 선물하면 보상 심리가 충족되어, 금연에 대한 의욕이 높아집니다. 특히 금단 증상이 심해질 때에는 자신에게 줄 선물을 생각하면서 금연에 대한 의지를 불태울 수 있습니다.

20분

혈압, 맥박 수, 손과 발의 체온 등이 정상으로 돌아옵니다.

8시간

혈류의 니코틴 수치가 가장 높을 때에 비해 93.75% 제거되어 6.25%로 감소합니다.

12시간

혈중 산소량이 정상 수준으로 상승하고 일산화탄소량이 정상 수준으로 감소합니다.

24시간

불안의 강도가 정점을 찍었다가 2주 정도 후에 금연 이전으로 회복됩니다.

48시간

손상된 신경 말단이 회복되기 시작하며 후각과 미각이 정상으로 돌아오기 시작합니다. 금연으로 인한 분노와 신경과민이 극대화됩니다.

72시간

니코틴 검사에서 니코틴이 100% 없는 것으로 나타나고 니코틴 대사산물 중 90%가 소변을 통해 배출되지만, 금단 증상은 정점을 찍게 됩니다. 하루 한 갑을 피우던 금연자의 경우, 하루 동안 강렬한 흡연 욕구를 느끼는 횟수가 금연 기간을 통틀어 정점을 찍습니다. 폐포로 이어지는 기관지가 편안해져 시작해 호흡이 쉬워지고 폐의 기능이 향상되기 시작합니다.

5-8일 ↓	하루 한 갑을 피우던 금연자의 경우 하루에 평균적으로 3번 정도 강렬한 흡연 욕구를 느낍니다. 몇 분이 몇 시간처럼 느껴지겠지만 사실 한 번의 강렬한 흡연 욕구는 3분을 넘기지 못하므로, 시계를 근처에 두고 3분을 버텨야 합니다.
10일 ↓	하루 한 갑을 피우던 금연자의 경우, 강렬한 흡연 욕구를 느끼는 횟수가 하루에 두 번 정도로 줄어듭니다.
10일에서 2주 ↓	회복이 상당히 진행돼 중독 증세로 괴롭지 않은 지점에 도달합니다. 잇몸과 치아의 혈액순환이 비흡연자와 비슷한 수준이 됩니다.
2주에서 4주 ↓	금단현상(분노, 불안, 집중력 감소, 초조, 불면증, 차분하지 못함, 우울)이 끝나게 됩니다. 만약 아직도 금단 현상이 나타난다면 병원을 찾아야 합니다.
21일 ↓	대뇌부터 변연계까지 뇌 전반에 걸쳐 니코틴 양에 맞춰 증가했던 니코틴 수용체의 수가 감소하여 비흡연자와 비슷한 수준이 됩니다.
2주에서 3달 ↓	심장마비가 올 확률이 감소하고 폐 기능이 향상되기 시작합니다.
3주에서 3달 ↓	순환 기능이 실질적으로 향상돼 걷기가 편해집니다. 만성적인 기침이 있었다면 사라집니다. 하지만 이 때에도 여전히 기침을 한다면 건강 검진을 받아 보는 것이 좋습니다.
8주	인슐린 저항성이 정상으로 돌아오고, 평균 2.7kg의 체중이 증가할 수 있습니다.

1달에서 9달	흡연으로 인한 코막힘, 피로감, 숨 찬 증상들이 사라집니다. 폐의 섬모가 다시 자라나 가래 등을 잘 처리하고 폐를 깨끗이 유지하고 감염을 방지합니다. 전체적으로 봤을 때 체력이 증가합니다.
↓	
1년	심혈관계통 질환 위험이 흡연자의 절반으로 감소합니다.
↓	
2년	흡연으로 폐에 쌓였던 가래가 완전히 빠져나갑니다.
↓	
5년에서 10년	뇌졸중에 걸릴 위험이 비흡연자와 비슷해집니다.
↓	
10년	폐암으로 사망할 확률이 담배 하루 한 갑을 피우는 흡연자에 비해 절반으로 감소하고, 구강, 목, 식도에 암이 걸릴 확률 역시 감소합니다.
↓	
15년	심혈관계통 질환에 걸릴 위험이 한 번도 담배를 피우지 않은 사람과 비슷해집니다.

매일 매일 따라하는
금연 성공 팁

1단계	→	2단계	→	3단계
아침에 일어나자마자 물 한 컵 마시기		맑은 공기 마시기		식사 후 바로 양치질하기

6단계	←	5단계	←	4단계
흡연자 멀리하기		담배 살 돈 매일매일 저금하기		주변 사람에게 금연 알리기

7단계	→	8단계	→	9단계
카페인 멀리하기		술자리 피하기		흡연 대신 집중할 수 있는 일 찾기

10단계
비타민C 많이 섭취하기

1. 아침에 일어나자마자 물 한 컵 마시기

아침에 일어나서 바로 마시는 미지근한 물은 금연에 도움이 됩니다. 이후에도 담배 생각이 날 때마다 미지근한 물을 수시로 마셔주면 흡연 욕구를 잠재울 수 있습니다.

2. 맑은 공기 마시기

맑은 공기를 마시지 않은 채 하루 종일 실내에서만 생활하면 답답하기 때문에 흡연을 하는 경우가 많습니다. 쉬는 시간에 잠시 밖에 나가 신선한 공기를 마시면 답답함을 해소할 수 있습니다.

3. 식사 후 바로 양치질하기

식사 후 커피를 마시며 흡연하는 것이 습관인 흡연자가 많습니다. 식사 후 커피 대신 곧바로 양치질을 하면 흡연 욕구를 떨어뜨릴 수 있습니다.

4. 주변 사람에게 금연 알리기

금연은 혼자 하기보다 같은 흡연자나 주변 사람에게 도움을 요청하는 것이 좋습니다. 친한 친구, 사랑하는 사람과 함께한다면 효과는 더욱 좋아지겠죠.

5. 담배 살 돈 매일매일 저금하기

하루에 담배 한 갑을 산다면 매일 5천 원을 소비합니다. 이 돈으로 담배를 사는 대신 저금통에 차곡차곡 저금해보세요. 1년이면 약 180만 원을 모을 수 있습니다. 돈을 모으는 재미가 쏠쏠하기 때문에 금연 의지를 다잡을 수 있습니다.

6. 흡연자 멀리하기

금연할 때 가장 큰 적은 흡연자입니다. 특히 함께 흡연하던 사람들이라면 분위기에 휩쓸려 흡연을 할 수 있습니다. 되도록 함께 금연하는 것이 좋고, 그럴 수 없다면 흡연자를 멀리해야 됩니다.

7. 카페인 멀리하기

커피에 들어있는 카페인은 신경을 자극하여 흡연 욕구를 부추길 수 있습니다. 커피 대신 물이나 차를 마시는 것도 좋은 방법입니다.

8. 술자리 피하기

금연 실패의 가장 큰 원인은 음주입니다. 평소 술자리에서 흡연을 하는 습관이 있다면, 술자리에서 나도 모르게 흡연을 할 수 있습니다. 만약 술자리에서 흡연을 피할 자신이 없다면 차라리 술자리 자체를 피하는 것이 좋습니다.

9. 흡연 대신 집중할 수 있는 일 찾기

퇴근 후에 흡연을 많이 한다면, 흡연 대신 집중할 수 있는 다른 일을 찾아야 합니다. 게임, 퍼즐 맞추기, 독서 등 몰두할 수 있는 무언가를 찾아 흡연 욕구가 생기지 않도록 이에 집중해야 합니다.

10. 비타민C 많이 섭취하기

비타민C는 몸에 축적된 니코틴을 씻어내는 효과가 있고 뇌 신경도 회복시킵니다. 비타민C는 영양제로 섭취할 수도 있지만, 제철 과일이나 채소로 섭취하는 것이 씹는 활동을 통해 금연 욕구를 낮출 수 있기 때문에 더욱 효과적입니다.

금연에 좋은 음식으로는 우유, 된장, 양파, 오렌지, 토마토, 녹차 등이 있습니다.

우유는 담배 특유의 쓴맛을 극대화하기 때문에 담배가 맛없게 느껴지도록 해 줍니다. 치즈, 요구르트 등 유제품도 마찬가지입니다.

된장은 해독 효과를 가지고 있어 담배의 니코틴 성분을 배출하는 데 도움이 됩니다.

양파 껍질에 포함된 폴리페놀 성분은 니코틴을 해독해 줍니다. 또한, 가열하거나 조리해도 파괴되지 않는 퀘르세틴 성분도 니코틴 해독에 탁월합니다.

오렌지 속 풍부한 비타민C 역시 몸에 축적된 니코틴을 해독하는 데 도움이 됩니다.

토마토는 흡연으로 인한 폐 기능 저하를 늦추고, 폐 손상을 복구해 줍니다.

녹차에 든 타닌, 카테킨 성분은 니코틴, 타르 같은 유해 물질을 배출하는 데 도움을 줍니다. 또한 입 냄새를 방지해 주고 신진대사도 원활하게 해준다고 합니다.

금연 후
스트레스 해소법

스트레스 때문에 흡연을 많이 하던 사람은 금연 후에 새로운 스트레스 해소 방법을 찾아야 합니다. 특히 생각날 때마다 입에 담배를 물던 사람은 이제 입 속에 담배 대신 먹거리를 넣는 것이 좋습니다. 견과류를 한 움큼 먹거나, 사탕이나 초콜릿, 껌을 섭취하는 것도 도움이 됩니다.

담배 생각을 아예 하지 않도록 운동을 열심히 하는 것도 좋은 방법입니다. 유산소 운동을 하거나 헬스장에 가서 체계적으로 근력 운동을 하는 것도 좋습니다. 건강한 몸에 건강한 정신이 깃든다는 말이 있듯이 운동으로 건강한 몸을 만들면 스트레스도 덜 받게 됩니다.

게임이나 독서, 영화 감상 같은 새로운 취미를 찾는 것도 좋습니다. 담배로만 스트레스를 해소하는 게 아니라 여러 가지 다양한 방법이 있다는 사실을 인식해야 합니다. 원래 담배를 피우지 않았던 사람에게 조언을 구하는 것도 좋은 방법입니다.

담배를 피우면 우리 몸은 니코틴에 의존하도록 학습됩니다. 그래서 금연을 하게 되면 니코틴에 의존하도록 학습된 몸이 혼란을 겪습니다.

이러한 니코틴 금단 증상으로는 니코틴에 대한 강력한 갈망, 긴장, 집중력 저하, 졸림, 수면장애, 맥박 및 혈압 하강, 식욕과 체중 증가, 운동 수행 능력 감소 등이 있습니다. 여기에 좌절, 분노, 긴장 상태가 마지막 담배를 피운 지 2시간 이내부터 수 일, 수 개월까지 지속된다.

이러한 금단 증상은 신체적, 정신적인 요소가 복합적으로 나타나기 때문에 단순히 담배를 멀리하는 것만으로는 어려운 부분이 있습니다. 이 때문에 금단 증상이 심한 경우에는 의학적 치료도 병행해야 합니다.

금단 증상
극복법

담배로 인한 금단 증상을 극복하기 위해서는, 흡연의 폐해를 알려주고, 일상생활을 할 수 있게 행동의 변화를 유도해야 합니다. 또한, 금연자에게 금연 후 나타날 수 있는 니코틴 갈망, 불쾌감, 체중 증가에 대해 알려주어 미리 대처할 수 있게 해주어야 합니다.

또한, 니코틴을 끊임없이 원하는 갈망 현상에는 니코틴 껌, 니코틴 패치 등으로 대처할 수 있습니다. 니코틴에 대한 갈망이나 불안, 불쾌감, 분노 등이 심할 경우에는 항우울제, 부스피론Bospirone 등 약물 치료도 병행할 수 있습니다.

금연할 때 이것만 조심하자!
금연의 천적

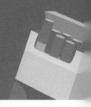

금연의 가장 큰 천적은 평소 흡연 습관입니다. 아침에 일어나자마자, 식사 후에 곧바로, 커피를 마시면서 담배를 피웠던 평소 흡연 습관을 깨는 것이 중요합니다.

술도 금연의 천적입니다. 술자리에서 흡연자들이 삼삼오오 담배를 피우러 가는 모습을 보면 술 때문에 흐려진 판단력으로 따라 나갔다가 함께 피우고 오는 경우가 많기 때문입니다.

흡연 구역도 피해야 합니다. 금연자들은 흡연 구역을 지날 때가 가장 괴롭다고 합니다. 자신도 얼마든지 담배를 피울 수 있는데 굳이 이렇게까지 참아야 하나 하는 생각에 스스로를 시험에 들게 하기 때문입니다.

완전히 금연하기 위해서는 금연의 천적을 조심해야 합니다.

금연과 함께
몸도 건강해 지기

1. 금연에 도움 되는 습관 만들기

금연에 도움 되는 습관을 만드는 것이 중요합니다. 당분간 술자리를 피하는 것이 가장 좋지만, 어쩔 수 없이 술자리에 가야 한다면 술 대신 생수나 얼음을 먹거나 녹차로 입가심을 하는 것이 좋습니다. 흡연 욕구를 부르는 맵고 짠 음식과 탄산음료를 먹지 않는 습관을 들여야 합니다.

2. 몸에 좋은 음식 먹기

비타민C, 베타카로틴, 식이섬유가 많은 음식은 니코틴을 해독시켜 흡연으로 망가진 몸을 회복하는 데 좋습니다. 등푸른생선인 고등어, 삼치에 포함된 오메가3 지방산은 흡연으로 인해 축소된 혈관을 다시 넓혀 주는 데 도움이 됩니다. 그 외에도 브로콜리, 당근, 무, 시금치, 양파, 고구마, 파래, 미역, 김 등을 많이 섭취하는 것이 좋습니다.

3. 적당한 운동 하기

규칙적인 운동을 통해 체내에 남아 있는 담배 관련 유해 물질을 배출할 수 있습니다. 특히 금연 후에는 무기력증으로 고생하는 분들이 많은데 운동을 하게 되면 혈액순환과 신진대사가 활발해져 여러 가지 금단 증상을 극복하는 데 도움이 됩니다. 이 뿐만 아니라 꾸준한 운동은 정신 건강에도 좋습니다.

4. 대화 많이 하기

다른 사람과 대화를 많이 하게 되면 금연에서 오는 금단 증상과 스트레스를 극복하는 데 도움이 됩니다. 특히 금연에 성공한 사람에게 조언을 받거나, 경험담을 공유하는 것만으로 정신적인 부분에서 큰 도움을 얻을 수 있습니다.

금연
성공담 & 실패담

성공담

A: 금연을 한 지는 이제 막 2년 정도 되었습니다. 아내의 임신 소식을 듣고 나서 책임감 있는 아버지가 되기 위해 금연을 결심했습니다. 직장 생활을 하다 보면 어쩔 수 없이 반복되는 회식 자리, 술자리 등에서 계속되는 담배의 유혹이 견디기 힘들었네요.

주위에서 장난 삼아 담배를 자꾸 권하는데, 그럴 때마다 아내와 곧 태어날 아이 생각을 하며 완강히 버텼습니다. 지금은 너무 행복합니다. 아내와 아이에게 늘 떳떳하고, 가족과 오래오래 건강하게 살려면 앞으로도 열심히 이겨낼 겁니다.

B: 하루 하루 참을 인(忍)자를 새겨가며 참다 보니 어느새 금연한 지 오래 되었습니다. 금연 도중 가장 기억에 남는 에피소드는, 누군가 술자리에서 담배를 권했을 때였습니다.

"담배 맛 괜찮네" 하며 담배를 권하기에 그 자리에서 담배를 말 그대로 우적우적 씹어 먹었는데, 다들 놀라 눈이 휘둥그레졌네요. 이후에 저는 "응, 담배 '맛' 정말 괜찮네! 너도 먹어봐!"라면서 권했습니다. 이후에는 누구도 제 금연 의지를 의심하지 않았습니다.

실패담

C: 금연에 1년 정도는 성공했습니다. 이 때 완전히 금연에 성공했다는 착각도 했죠. 하지만 1년이 넘어간 어느 날, 회사에서 큰 실수를 하고 뒷수습을 하느라 새벽에 집에 들어가는 길에 담배 한 개비가 절실하게 느껴졌습니다. 갑자기 담배 한 대 못 피우는 제가 불쌍하게 느껴졌죠. 아무도 없는 집 화단에 우두커니 서서 한참을 고민했는데, 만약 이 순간을 못 참으면 분명히 다시 흡연을 시작할 거라고 생각했습니다.

한편으로는, 나는 술도, 커피도 안 마시고 이렇다 할 취미도 없는데 담배쯤 괜찮지 않나 하는 생각을 했습니다. 얼마나 오래 살겠다고, 무슨 부귀영화를 누리겠다고 유일한 낙인 담배를 끊어야 하나 생각했죠. 결국 그날 새벽 편의점에서 담배를 사왔고 다시 흡연자가 되었습니다. 1년 끊었다가 다시 피우기 시작하니 금연해야겠다는 생각도 안 들고 현재는 자포자기 심정입니다.

D: 술자리에서만 딱 한 개비씩 피워야지 하고 자기합리화를 하자, 이후 술자리가 엄청 늘면서 담배도 엄청 피우게 됐습니다. 금연하기 전에는 일주일에 많아야 두 번 술자리를 가졌는데, 이제는 거의 일주일 내내 술자리를 가지는 꼴입니다.

이렇게 되고 보니 술자리를 기다리는 건지 담배를 기다리는 건지 모를 정도가 되었네요. 그리고 솔직히 딱 한 개비로 만족을 못하다 보니 한 개비가 두 개비가 되고, 두 개비가 세 개비가 되고, 이렇게 매번 술자리에 갈 때마다 한 갑을 다 피우곤 했습니다. 술자리도 늘고, 담배도 더 피우게 되면서 건강이 두 배로 나빠지는 걸 느낍니다. 이제는 절대 조건을 붙이지 말고, 스스로 합의하면 안 된다고 생각합니다.

금연에
성공한 사람과의 인터뷰

Q. 처음 흡연한 계기는?

甲 : 처음 담배를 피운 건 중학교 3학년 때였습니다. 같은 반 친구 중 남들 몰래 담배를 피우는 친구가 있었는데, 호기심에 함께 하나씩 피우다 보니 결국 흡연자가 되었습니다.

乙 : 20살이 되기 전까지는 술, 담배를 전혀 하지 않았는데, 21살에 입영 날짜가 정해진 후 그 전까지 아무 생각도 없었던 담배를 시작하게 되었죠. 머리로는 군대에 가야 한다는 걸 알지만 마음으로는 가기 싫어 스트레스 때문에 피우게 된 것 같습니다.

丙 : 술에 취해 집에 가던 중 담배를 피우던 사람과 마주쳤습니다. 술김에 멋져 보여서 많이 들어본 이름의 담배를 하나 사서 피웠습니다. 술에 취해 나도 모르게 쓸데없는 행동을 했다는 생각이 듭니다.

Q. 금연을 결심한 계기는?

甲 : 몸이 너무 안 좋아졌습니다. 나이가 들면서 기력이 쇠하는 느낌이 들어 금연을 하게 됐습니다.

乙 : 정서적으로, 정신적으로 안정되고 나니까 굳이 피울 이유를 찾지 못했습니다. 정서적, 정신적으로 불안정한 사람의 흡연 비율이 높다고 알고 있는데 제가 딱 그런 사례였던 것 같습니다.

丙 : 이비인후과에 단골 등록을 하고 나니 금연을 해야겠다는 생각이 들었습니다. 매번 기침, 가래로 시름시름 앓다 보니 누가 봐도 담배 때문이라는 생각을 하게 됐습니다. 금연을 하면 담뱃값과 병원비를 동시에 아낄 수 있으니 그 돈을 모아 다른 데 쓰자고 마음 먹었습니다.

Q. 담배 한 개비가 간절할 때가 있는지?

甲 : 아침에 일어난 후, 식사 뒤, 잠자리에 들기 전처럼 매번 담배를 피웠던 시간마다 흡연을 하고 싶어집니다.

乙 : 스트레스가 심하면 담배가 피우고 싶어집니다. 너무 스트레스가 심하거나 힘들 때, 잠깐 담배를 한 대 피우면서 한숨 돌릴 수 있으면 좋겠다는 생각을 하곤 합니다.

丙 : 술 마실 때 간절합니다. 술은 의지력을 너무 약화시키는 느낌입니다. 음주 범죄가 많이 일어나는 우리나라에서 술도 좀 적당히 먹도록 조절했으면 좋겠습니다. 술자리에 갈 때마다 고비를 겪습니다.

Q. 자신만의 금연 노하우가 있다면?

甲 : 흡연보다 더 기분 좋은 것을 찾는 게 중요합니다. 니코틴 중독이라고 하지만 니코틴 자체는 금방 체내에서 빠집니다. 그래도 금단 증상을 겪는 것은 뇌에서 흡연할 때 나오던 기분 좋아지는 물질을 원하는 것 때문이라고 알고 있습니다. 흡연보다 더 기분 좋은 것을 찾고, 그걸 실천한다면 자연스럽게 담배를 피우고 싶다는 생각이 들지 않습니다.

乙 : 확실히 건강한 정신이 먼저라고 생각합니다. '스트레스를 받으면 해소하려고 담배를 피운다.'거나 '습관이 들어서 피운다.', '끊을 이유를 못 찾아서 피운다.', 이런 건 다 정신적으로 담배에 의존한다는 말입니다. 계기 하나만 마련하면 딱 끊을 수 있다고 봅니다. 몸이 너무 아파서 담배를 피울 여유도 없었다거나 이대로 가다간 요절하겠다 싶어서 끊는다거나 그런 식으로 계기를 생각하는 것이 좋습니다.

丙 : 금연클리닉 같은 곳에서 제대로 도움을 받는 것이 좋습니다. 금연하고자 하는 의지가 중요하다고 하는데, 주변에서 제대로 도와주지 않으면 내 의지가 아무리 굳건하다고 해도 흔들리게 되어 있습니다. 니코틴 대체 약 같은 것을 먹으면 담배 맛이 달라지고 저절로 피우고 싶다는 마음이 사라지니까, 전문가와 상담하는 것이 좋습니다.

Q. 앞으로의 각오가 있다면?

甲 : 너무 조바심을 내면 안 된다고 생각합니다. 담배를 절대 피우면 안 된다는 강박을 갖게 되면 더 피우고 싶어지니까, 마음을 편하게 먹고 참다 참

다 정 못 참겠으면 그냥 한 대 피운다는 생각으로 하는 것이 낫습니다. 금연으로 스트레스를 받지 않아야 오래 간다고 생각합니다.

乙 : 몸은 힘든데 계속 담배에 의지하는 내 자신이 한심했습니다. 지금 이렇게 금연하고 있다는 사실이 신기하네요. 마음속에 기둥을 세운다는 느낌으로 정신 건강을 확실히 챙겨서 앞으로도 쭉 담배를 참으려 합니다.

丙 : 술, 커피 같은 걸 거르고 모임이나 회식도 가지 않았습니다. 아무리 금연보조제로 도움을 받는다고 해도 한순간에 담배를 피울 수 있다고 생각합니다. 원천적으로 위험 요인을 차단해서 금연을 이어가는 것이 좋습니다.

금연일기

서울 김태훈 씨(가명)의 금연일기 | 김태훈 씨 (28, 남, 취준생)

1일차 오후에 갑자기 허리가 아파서 병원에 갔더니 결석이라고 한다.
사랑니도 나기 시작하니 두 배로 아프다.
너무 아파서 담배 생각도 나지 않는다.
이 참에 금연해야겠다는 생각만 든다.

2일차 너무 아프니까 담배 생각이 전혀 나지 않는다.
담배고 뭐고 진통제만 있으면 될 것 같다는 생각이 든다. 이거 새로운 중독인가?
어쨌든 이제 금연 시작했으니 담배 생각도 날 법한데 아프니까 신기하게 안 난다.

4일차 담배를 피우고 싶은 생각이 많이 든다.
근데 밖에 나가기가 귀찮다.
안에서 피울까 하다가, 담뱃불 붙이기도 뭐하고, 그냥 꾹 참았다.

7일차 식후땡이 그립다. 몸은 안 아픈데 밥 먹고 나서 피우는 담배가 그리워졌다.
아침에 일어나자마자, 밥 먹고 나서 딱 요 시간대가 고비다.

9일차 애초에 헤비스모커는 아닌지라 담배 사는데 나가던 돈이 큰 도움은 안된다.
하지만 밥 먹을 때 메뉴는 좀 더 풍성해졌다.
원래 담배 살 돈도 식비에서 나가서 그런가.

11일차 취업 스터디 끝나고 다같이 술을 마셨다.
원래 술자리에 가면 담배 생각이 절실하다길래 걱정했는데,
진통제 먹느라고 술을 안 마시니 별 생각이 없다.
이대로면 금연 성공하겠네.

14일차 병원 치료가 생각보다 아프다.
치료 받는 도중에 담배 생각이 났다.
스트레스 받으면 담배 피우고 싶다는 게 이런 건가 보다.

30일차 사랑니를 뽑았다. 결석 때문에 허리 아픈 게 좀 가시니까 이번엔 입이 아프네.
마취 끝나니까 정말 턱이 뽑혀 나갈 듯이 아프다.
그런데 신기하게도 담배 생각은 나지 않는다.
아파서 그런가.
어쨌든 앞으로도 담배 생각 안 하게 될 것 같다.

이지연 씨(가명)의 금연일기 | 이지연 씨 (29, 여, 무직)

1일차 엄청 바쁘던 회사에서 퇴사했다. 여태까지 바쁘단 핑계로 하지 못했던 것들을 하나 하나 찾아봤다. 가장 중요한 게 금연이었다. 요즘 몸이 찌뿌둥하고 예전같지 않은 게 담배 탓인 거 같다. 퇴사한 김에 담배도 끊기로 했다.

2일차 오늘은 담배 끊은 지 2일 차다. 하지만 딱히 금단 증상이라고 할 만한 건 없다. 다행이다. 대학교 다닐 때만 해도 담배를 정말 싫어했는데 어쩌다가 이렇게 됐는지. 운 좋게 대기업에 입사한 나는 회사에서 담배를 배웠다. 스트레스 때문이기도 했지만, 주위에 전부 담배 피우는 사람들밖에 없었다. 만약 과거로 돌아간다면 절대 담배에 손도 대지 않을 것이다.

3일차 오늘은 최악의 하루였다. 여태 살았던 인생 중 가장 최악이었다. 남친 만나러 가는 길에 버스를 놓친 건 그러려니 했는데, 가고 싶었던 레스토랑은 가자마자 브레이크 타임이었다. 당황스럽고 화가 나니 담배 생각이 절실했다. 결국 그냥 근처 분식집에 갔는데, 진짜 맛없었다. 최악. 남친이랑 싸우기까지 했다. 담배 생각만 난다.

5일차 집에서 뒹굴거리다가 몇 번이나 담배 사러 나갈 뻔 했다. 이게 바로 금단 증상인가보다. 앉았다 일어났다 굴렀다 방을 뱅뱅 돌고 문고리를 잡았다가 놓기를 계속했다. 여

기서 포기하면 너무 아깝다는 생각에 베개를 끌어안고 꼭 참았다. 인터넷에서 마음을 안정시켜준다는 명상법을 찾아서 시도해 봤다. 처음에는 이게 뭐하는 짓인가 싶었지만, 조금은 도움이 되는 것도 같다.

7일차 이제 고비는 넘긴 것 같다. 담배 생각은 많이 나지 않는다. 문득 회사 선배들의 눈빛이 떠올랐다. 담배를 피우지 않았던 나는 선배와 동기들 사이에서 늘 섞이지 못하고 붕 뜬 느낌이었다. 그래서 담배를 배웠다. 담배를 배우고 나서야 선배들과도 좀 더 가까워진 기분이 들었다. 이게 바로 담배 권하는 사회인가. 어쨌든 이제 금연을 하게 됐으니 꼭 성공하고 싶다.

최현섭 씨(가명)의 금연일기 ┃ 최현섭 씨 (30, 남, 직장인)

1일차 내가 금연을 하게 되다니.
여친이 생기면 금연하겠다던 말도 안되는 약속을 지키게 됐다.
꼭 성공하고 싶다.

2일차 길을 걷다가 풍기는 담배 냄새만 맡아도 심호흡을 하게 된다.
담배 피우고 싶다. 정말 많이 피우고 싶다.
담배를 피우지 않아도 피우는 곳 주변에서 크게 숨을 들이키고 싶다.
내가 미쳤나 보다.

3일차 손이 조금 떨린다. 생각보다 많이 떨리진 않지만.
간접흡연으로 금단 증상을 억제할 수 있다는 사실을 발견했다.
좋은 건지는 모르겠지만 어쨌든 내가 직접 피우는 것보단 낫지 않을까?
여친에게 담뱃갑이랑 라이터를 아예 맡긴 게 동무이 되는 것 같다.
이대로만 가면 금연 가능할 듯.

5일차 술 마시면 담배 생각 난다더니 진짜 그런가 보다.
요즘 술을 안 마시니 담배 생각도 많이 안 나네.
맨정신이 이래서 좋은가 보다.

9일차 담배가 별로 생각이 안 난다.
금연 일기를 쓰기는 하는데 딱히 쓸 게 없다.
기분이 좋네.

20일차 여친이 뭔가 맘에 안 드는게 있나 보다.
왜 싸웠는지도 모르겠다.
담배 생각 난다. 스트레스 받으면 담배 생각 난다더니 진짜다.
줄담배로 3대쯤 피우고 나면 머리가 개운해질 것 같은데 담배가 없다.
잠이나 자자.
꿈에서라도 피우면 좋겠다.

22일차 오늘이 진짜 고비였다.
저번에는 여친이 말을 안 하더니 이번에는 헤어지잔다.
어떻게든 진정시키긴 했는데 담배 생각이 절실하다.
술도 마시고 싶다.
역시 기분이 다운되면 담배 피우고 싶구나.
그래도 참았으니까 치킨이나 시켜 먹자.

32일차 열흘이 순식간에 지나갔다.
금연하고 나니까 담배 말고 다른 게 필요하다는 생각이 든다.
먹는 걸로 스트레스 해소하는 거도 한두 번이지.
운동이 좋다고는 하는데, 군대에서 다친 발목이 여전히 아파서 포기.
수영이라도 해볼까.
아 잘 모르겠다. 그냥 TV나 봐야지.

50일차 정말 흡연하고 싶을 땐 박하사탕이 생각보다 도움이 된다.
니코틴 껌이나 금연사탕 같은 느낌인가.
담배 한 갑 살 돈이면 박하사탕을 4통은 넘게 사니까 훨씬 좋은 것 같다.

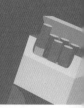

금연을 하면 누구나 꼭 한번씩은 경험한다는 '흡연몽'.

흡연하는 꿈을 꾸는 흡연몽은 너무나 감각이 생생해서, 누군가는 끔찍한 죄책감과 절망감을 느끼기도, 또 누군가는 오히려 속이 시원하다고 말하기도 합니다.

흡연몽이 두려운 점은 금연 기간 중 흡연을 통한 충만감을 체험하기 때문입니다. 이 때문에 금연을 시도하는 사람들은 "결국 내 의지는 여기까지인가" 하며 금연을 포기해야 하는가 하는 고민을 하기도 하는데, 너무 낙담할 필요는 없습니다.

흡연몽은 완전한 금연으로 가는 과정 중의 하나이기 때문입니다.

금연 보조제

의약품

일반의약품은 제품 형태, 복용 방식 등에 따라 아래의 제품이 허가되어 있습니다.

이들 제품 사용 시 일반적 주의사항은 담배를 계속 피우거나 니코틴을 함유한 다른 의약품을 함께 복용하면 안 됩니다. 또한, 임부나 수유부, 3개월 이내에 심근경색을 경험하거나 심혈관계 질환, 뇌혈관성 질환이 있는 사람은 사용하면 안 됩니다.

'껌'은 입안에 있는 점막을 통해 흡수되므로 흡연 충동이 있을 때 천천히 30분 정도 씹은 후 버리면 되며 사용량은 하루 20개비 이하 흡연자는 한번에 2mg껌(1개)이 권장됩니다. 하루 20개비를 초과하여 담배를 피우거나 2mg껌(1개)으로 실패한 흡연자의 경우에는 4mg껌(1개)이 권장되며, 하루 총 사용량이 15개를 넘지 않도록 해야 합니다. 동시에 많이 씹으면 니코틴 과량 투여로 떨림, 정신 혼동, 신경반응 장애 등이 나타날 수 있으므로 주의해야 합니다.

'트로키제'는 구강에서 흡수되는 제형으로 흡연 충동이 있을 때 천천히 녹여서 복용하고 삼키지 않도록 주의해야 하며, 하루에 30개비 이상 피우는 흡연자에게는 권장되지 않습니다. 커피나 청량음료 등과 동시에 복용하면 니코틴의 흡수가 저하되므로 복용 15분 전에는 음료를 마시지 않는 것이 바람직합니다.

'구강용해필름'은 구강 내에서 용해하거나 붕해하는 제형으로 기상 후 30분 이후에 첫 담배를 피우는 비교적 니코틴 의존성이 낮은 흡연자에게 적합합니다. 혀 위에 놓은 후 녹을 때까지 약 3분 정도 혀로 입천장을 부드럽게 눌러 복용해야 하며, 이 약을 통째로 삼켜서는 안됩니다.

'패치제'는 피부를 통해 니코틴을 흡수시키는 제형으로 하루 1매를 매일 같은 시간에 부착하고 엉덩이, 팔 안쪽 등 털이 없는 부위에 돌아가며 부착하는 것이 좋습니다. 하루 흡연량에 따라 패치제에 함유된 니코틴의 양이 달라질 수 있으며, 고용량에서 시작하여 통상 1~2개월 간격으로 점차 투여량을 감량하는 것이 바람직합니다.

전문 의약품

전문의약품은 부프로피온(12품목) 또는 바레니클린(2품목)을 주성분으로 하는 제품이 시판되고 있으며, '부프로피온'은 신경전달물질의 재흡수를 억제해 흡연 욕구를 감소시키고 '바레니클린'은 니코틴 수용체에 결합해 흡연 욕구와 금단 증상을 감소시킵니다.

'부프로피온' 제제는 '목표 금연일' 2주 전부터 투여를 시작하는 것이 권장되며, 서방형 제제(약물이 일정 농도로 천천히 배출되도록 만든 특수 제형)이므로 쪼개지 말고 통째로 삼켜야 합니다.

'바레니클린' 제제는 '목표 금연일' 1주 전부터 투여를 시작하여 1주 동안 투여량을 서서히 늘려야 하며, 충분한 물과 함께 복용하는 것이 바람직합니다.

제품 복용 중 졸림, 어지러움, 집중력 저하 등의 증상이 나타날 수 있으므로 운전이나 기계 조작은 피하고 복용 중에 우울증이나 기분 변화 등이 나타나는 경우에는 즉시 복용을 중지하고 의사와 상담해야 합니다.

금연에 실패했다고
상심 말자!

금연은 정말 힘든 일 중 하나입니다. 담배에 들어있는 니코틴의 중독성과 담배를 끊을 때 나타나는 금단 증상이 금연에 대한 의지를 약화시키고, 이렇게 약화된 의지에 다시 니코틴의 중독성과 금단 증상이 공격해 오면서 금연을 시도하려는 사람은 끊임없이 고통 받게 됩니다.

금연은 사람의 의지만 가지고서는 성공하기 어렵기 때문에, 금연에 성공한 사람과는 상종하지 말아야 한다는 말이 있을 정도입니다. 평소 흡연을 통해 분노 조절, 좌절 및 긴장 완화, 정신적 안정 등을 추구해왔던 흡연자에게 금연은 고문에 가까운 고통을 줄 수 있습니다.

따라서 금연에 실패하더라도 꾸준한 노력이 가장 중요합니다. 금연에 실패했다고 해서 누구도 당신을 의지 박약이나 우스운 사람으로 매도하지 않습니다. 흡연자라면 누구나 금연을 시도해 보았고, 또 얼마나 어려운지 알기 때문입니다.

금연에 실패했다면 금연캠프에 참여하자!

혼자서 하는 금연에 실패했다면, 좌절하지 말고 금연 도전자가 함께 모여 돕는 '금연캠프'를 찾아야 합니다. 서울, 부산, 대구, 인천, 광주, 대전, 울산, 경기 남부, 경기 북부, 강원 등 전국 17개 금연지원센터를 통해 '금연캠프' 참가 신청을 할 수 있습니다.

'금연캠프' 유형은 전문치료형, 일반지원형, 입원환자 대상 금연 지원 서비스 등 3가지로 구별할 수 있습니다. 우선 전문치료형은 오랫동안 흡연해 온 개인이 신청 가능하며, 4박 5일간 지역 금연지원센터 병원 등에서 의료인이 제공하는 전문 금연 프로그램이 제공되고 6개월간 사후관리가 실시됩니다. 참가비는 10만원이며 캠프 수료 후 인센티브가 제공됩니다. 센터별 횟수가 정해져 있습니다.

일반지원형은 일반 흡연자 5~20인이 함께 신청할 수 있습니다. 참가비는 무료이며, 1박 2일간 일상에서 벗어나 스트레스를 관리하면서 금연 동기를 강화

하고, 맞춤형 금연 프로그램을 지원 받게 됩니다. 6개월 동안 사후관리도 진행됩니다. 역시 센터별 횟수와 일정이 정해져 있으니 잘 확인해야 합니다.

입원환자 대상 금연 지원 서비스는 지역금연지원센터 병원에 입원한 환자들의 건강 상태에 따라 금연 동기를 강화하고 맞춤형 금연 프로그램을 지원합니다. 금연이 필요한 만성 질환자를 대상으로 하며 참가비는 무료입니다. 또한, 6개월간 사후관리가 진행되며 연중 계속 지원 가능합니다.

세 가지 중 자신에게 맞는 '금연캠프'에 지원한 뒤에는 지역 금연지원센터에 입소해 금연 프로그램을 안내 받고, 곧바로 건강 상태를 평가합니다. 건강 상태는 건강검진, 흡연력, CO 측정, 니코틴 의존도 평가 등으로 진행됩니다. 이후 자기소개 및 토론을 통해 참가자들과 금연 의지를 공유하고, 금연 목표를 설정하게 됩니다.

'금연캠프' 기간에 따라 적절한 금연 프로그램을 이수한 후, 마지막 날에는 금연상태를 평가하고 금연 유지 계획을 설정합니다. 퇴소 후 6개월 동안 철저한 관리를 통해 금연을 잘 수행하고 있는지 점검합니다.

우리나라는 다양한 금연 서비스를 지원하며, 전국 253개 보건소에서 금연클리닉을 운영 중입니다.

2005년부터 전국 보건소(2016년 기준 253개)를 통해 각 지역 내 흡연자(청소년 포함)에게 무료로 금연 상담 및 금연치료서비스를 제공(주민등록상 지역주민이 아니더라도 이용자의 접근성과 편의를 고려하여 서비스 제공 가능)하고 있습니다.

금연클리닉 등록 후 금연 상담 결심일로부터 6개월간 9회차 이상의 금연 상담과 함께 호기 일산화탄소 측정을 포함한 다양한 금연행동요법을 안내하고 니코틴 보조제, 행동강화 물품을 제공합니다.

아래 금연 두드림 홈페이지에 들어가시면 다양한 금연 지원 서비스를 받으실수 있습니다.

금연 두드림 => https://nosmk.khealth.or.kr/

보건소 금연클리닉

지역 보건소에서 진행되는 보건소 금연클리닉은 평일 오전 9시~오후 6시까지 금연 상담 서비스, CO 또는 코티닌 측정, 금연보조제, 행동요법, 금연치료 서비스 등을 6개월 동안 무료로 받을 수 있습니다.

1 치료형 캠프

금연캠프는 금연 의지가 있지만 혼자서 금연하기 힘든 흡연자에게 큰 도움을 줍니다. 종류에 따라 전문 치료형 캠프, 일반 지원형 캠프, 입원 치료형 캠프로 나뉘는데, 큰 틀로 봤을 때 1일차에는 건강 상태를 평가 후에 금연 프로그램을 숙지하고 금연 의지를 참가자들과 나눈 후 캠프가 끝날 때까지 프로그램대로 생활합니다. 캠프 마지막 날에는 금연 의지를 재확인하고 이어질 사후 관리에 대비합니다.

2 찾아가는 금연 서비스

학교를 다니지 않는 청소년(만 9세~24세), 단체 및 시설(5인 이상), 대학생 단체 및 학교(5~20인), 흡연율이 높은 여성 사업장, 단체 등(5~20인), 장애인 단체, 기관 등(5~20인), 300인 미만 중소사업장(5~20인)을 대상으로 하는 찾아가는 금연 서비스가 존재합니다.

전국 17개 지역 금연지원센터에서 운영 중인 찾아가는 금연 서비스는 보건소 등 기존 서비스를 이용하기 어렵거나, 흡연율이 높고 금연하기 어려운 환경에 처한 흡연자에게 도움을 주기 위한 서비스입니다. 연중 계속되는 해당 서비스는 6개월 동안 금연 프로그램을 제공합니다.

③ 금연 상담 전화 1544-9030

금연 상담 전화는 월~금요일 오전 9시~오후 10시, 주말 및 공휴일 오전 9시
~오후 6시까지 운영됩니다. 이를 이용하면 30일간 금연 준비하기, 흡연 욕구
조절하기, 금단 증상 이겨내기, 스트레스 관리하기, 금연 이유 재확인, 금연의
장점 파악하기 등 전문적이고 체계적인 금연 프로그램의 도움을 받을 수 있습
니다.

④ 병의원 금연치료

금연치료를 희망하는 국민 누구나 1년에 3회는 가까운 병의원에서 금연치료
를 받을 수 있습니다. 금연 진료 및 상담 금액은 본인 부담이지만, 3회 방문부
터 본인 부담금이 면제되며 최종 치료 완료 시 전액 환불 및 건강관리 축하선
물을 받을 수 있습니다.

⑤ 군의경 금연 서비스

대한민국 군인, 의경을 대상으로 하는 군의경 금연 서비스는 한국건강관리협
회가 제공하는 금연 및 흡연 예방 교육 전문 금연 상담과 금연 보조제가 제공
됩니다. 금연 취약부대를 방문해 금연 지원 서비스를 진행하거나 금연 자체 운
영 부대, 금연 지도자 교육 지원 사업, 금연 문화(환경) 조성 사업, 훈련소 입
소 장병 금연 지원 사업을 운영합니다.

⑥ 찾아가는 흡연 예방교육(유아)

보건복지부와 한국건강증진개발원 국가금연지원센터는 아이들에게 담배의
위해성에 대한 올바른 정보를 제공할 수 있도록 유아 흡연 예방교육 사업을 진
행 중입니다. 어린이집과 유치원을 직접 방문해 유아가 자발적으로 흡연 예방

교육에 참여할 수 있도록 하고 가정 연계를 통해 학부모가 효과적인 흡연 예방 교육을 진행할 수 있도록 교육 방법을 알려줍니다.

7 학교 흡연 예방

우리나라 청소년 흡연 시작 연령이 하향화되는 추세인 만큼, 성장기 흡연 진입 차단을 위해 학교 흡연 예방 교육도 학교별로 진행 중입니다. 이를 위해 전문 강사에 의한 흡연 예방 체험 교육과 직원 및 학부모 대상 교육이 함께 진행되고, 흡연 동아리 연극 발표회, 문예 행사를 통해 온 가족이 함께 참여할 수 있는 흡연 예방 교육을 만들고 있습니다.

지역	기관명	연락처	주소
서울	서울금연지원센터	02-592-9030	서울특별시 서초구 반도대로 222 가톨릭대학교 의생명산업연구원 2001호(2층)
부산	부산금연지원센터	051-542-9030	부산광역시 서구 구덕로193번길 12-2 (부민동2가) 부산장애인구강진료센터 5층
대구	대구금연지원센터	053-623-9030	대구광역시 남구 현충로 170 (대명동) 영남대학교병원 권역 호흡기 전문질환센터 1층
인천	인천금연지원센터	032-451-9030	인천광역시 중구 인항로27 인하대학교병원 3층
광주	광주금연지원센터	062-222-9030	광주광역시 동구 필문대로 365 조선대학교병원 본관 2층

대전	대전세종금연지원센터	042-586-9030	대전광역시 중구 문화로 266 (문화동) 충남대학교 의과대학 의학도서동(M3) 402호
울산	울산금연지원센터	052-233-9030	울산광역시 동구 방어진순환도로877번지 울산대학교병원 본관 로비층
경기	경기남부금연지원센터	031-385-9030	경기도 안양시 동안구 관평로176번길 14 한림대학교 성심병원 교수연구동(제4별관) 6층
	경기북부금연지원센터	031-924-9030	경기도 고양시 일산동구 일산로 323 국가암 예방검진동 6층
강원	강원금연지원센터	033-746-9030	강원도 원주시 일산로29 4층
충북	충북금연지원센터	043-278-9030	충청북도 청주시 서원구 1순환로 776 충북대학교병원 충청권역 호흡기전문질환센터 8층
충남	충남금연지원센터	041-577-9030	충청남도 천안시 동남구 순천향6길 31 순천향의과대학 학술관 519호
전북	전북금연지원센터	1833-9030	전라북도 익산시 익산대로 460 전북금연지원센터
전남	전남금연지원센터	061-372-9030	전라남도 화순군 화순읍 서양로 322 화순전남대학교병원 전남지역암센터 1층

경북	경북금연지원센터	080-888-9030	경상북도 안동시 태사2길 55 안동의료원 5층
경남	경북금연지원센터	055-759-9030	경상남도 진주시 진주대로 816번길 20 (주약동) 2층 경남금연지원센터
제주	제주금연지원센터	064-758-9030	제주특별자치도 제주시 서광로175 아세아빌딩 5층

"가족을 위해 금연에 꼭 성공하세요!"

대한민국 담뱃갑 사진
출처 : 대한민국 보건복지부

금연 전화상담서비스 : 1544-9030

상담 시간은 평일 09:00~22:00, 주말 및 공휴일 09:00~18:00 (자동응답서비스 : 연중무휴 24시간)입니다.

금연 상담 서비스는 전화 상담을 이용한 대상자별 흡연 특성과 금연 동기, 상태를 고려하여 금연 상담사와 금연 일정을 상의한 후 적합한 금연 프로그램으로 상담서비스를 제공합니다.

대상자의 특성에 따라 성인 남성, 여성, 청소년 상담 프로그램이 개발되어 있으며, 기간에 따라 금연 준비 단계인 사전 프로그램과 7일, 30일, 100일, 1년 프로그램으로 구분됩니다.

금연 상담 프로그램에 등록하면, 금연 의지 강화 및 금연 결심, 금연 시작, 흡연 욕구 조절, 금단 증상 극복 등의 내용을 집중 프로그램으로 제공하며 이후 금연 유지, 금연의 중요성 재인식, 금연 유지를 위한 생활 관리, 금연을 통한 자기 보상, 금연 후 심리적 신체적 변화 확인 등을 유지 프로그램으로 제공합니다.

이메일, SMS 등을 통해 응원 메시지 및 정보를 전달하여 전화 상담을 보완하고 시너지를 창출하기도 합니다. 금연 유지 독려 및 재흡연 방지 프로그램도 포함되어 있으며, 금연 유지 확인 및 재흡연 방지 상담, 동기 부여 상담 등이 온라인 및 전화 상담을 통해 제공됩니다.

금연길라잡이 온라인 프로그램에서는 흡연자가 흡연 습관과 흡연량을 고려하여 적합한 추천 프로그램을 선택, 도움을 받을 수 있습니다. 전화 상담을 원할 경우 교차 상담 시스템을 통해 금연 상담 전화로 전환, 전담 상담사와 체계적인 프로그램을 통해 보다 효율적으로 도움을 받을 수 있습니다.

또한, 전문 상담사와 실시간 1:1 채팅 상담이 가능하며, 지침서 및 금연 툴 키트(금연에 도움이 되는 도구 모음)를 받을 수도 있습니다. 나아가 자가 교육 방식의 금연 지침서를 통해 상담이 이루어지지 않는 동안에도 스스로 금연 유지를 할 수 있도록 도움을 줍니다.

여기에 금연 상담 전화 프로그램 등록자, 금연 캠페인 및 교육 홍보를 필요로 하는 기관 및 단체, 학교, 산업체 등에 홍보자료 배포 및 관련 콘텐츠를 제공합니다.